痴漢されそうになっている
S級美少女を助けたら
隣の席の幼馴染だった8

ケンノジ
Illustration フライ

「諒くん……」

「また助けられちゃったね」

「わたし、彼女、なので……」

名前：伏見姫奈《ふしみひな》
年齢：17歳
学年：高校2年生
身長：160センチ
諒とは幼馴染な学校で誰もが認めるS級美少女。

痴漢されそうになっている
S級美少女を助けたら
隣の席の幼馴染だった8

ケンノジ

GA文庫

カバー・口絵　本文イラスト
フライ

①　変化した関係と日常

今年の学校行事はすべて終わり、残すは一二月半ばにある期末テストのみとなった。

教室の雰囲気は、学祭の余韻を残しつつ、一大イベントであるクリスマスが近づいているのでまだまだ浮ついた様子だった。

「たかやん、聞いたかよ？　Ｅ組の三森《みもり》と佐藤《さとう》、付き合うことになったらしいぜ。怪しいと思ってたんだよなぁ～」

週明け。登校するなり、後夜祭ウォッチャーで有識者の出口《でぐち》がさっそく訊《き》いてもない情報を教えてくれた。

その二人がいまいちピンとこない俺《おれ》は、「へえ、そうなのか」と曖昧に返すことしかできない。

「小学校のときから二人を知ってるんだけどよー。幼馴染《おさななじみ》なんだぜ？　近いとこで済ませやがって……」

「お、おう」

つはぁ～、と特大のため息をぶちまける出口に、俺は身に覚えがありすぎて、上手《うま》く反応できなかった。

近いところ……そんなふうに思われるのか。

ちらりと隣の伏見《ふしみ》を窺《うかが》う。

幼馴染。

後夜祭。

先週末の学祭のことがフラッシュバックする。

後夜祭のダンスに誘い、それを受ければカップル成立という有志が参加する祭りで、俺はあらかじめ誘ってくれていた伏見のもとへ向かった。

……ということは。

そういうことなんだよな……。

また伏見を盗み見る。

朝陽を受けて滑らかな光を返す艶《つや》のある髪に、友達から話しかけられてニコリと微笑む横顔。

リップで潤んだ桜色の唇。ぱっちりした瞳《ひとみ》が、また笑って細くなる。

『可愛《かわい》い』でコーティングされているこの幼馴染。

朝も一緒に登校したこの子が……彼女、なんだよな。

「ってか、たかやん、後夜祭のときどこ行ってたんだよ」

「え？　か、帰ったよ、普通に」

嘘《うそ》はついてない。いなくなった伏見を探して、そのあと帰ったから。

「出口は、鳥越《とりごえ》を誘って爆発四散《ばくはつしさん》してたよな」

「言うなよ。たかやんよぉ、オレぁ、気づいたんだ」

どこか遠くを見るような目をする出口。どうせロクなことじゃないんだろう。

「やっぱ、オレにはワカちゃんしかいねえ」

「案の定ロクでもねえ」

ワカちゃんとは、担任のアラサー教師の若田部《わかたべ》先生のことだ。

こんなふうにその場その場で意思が揺らぎまくりの出口を、鳥越がさらりと拒否したのも当然だろう。

世間話がしたかっただけのようで、新たにできたカップルのことで愚痴った出口は、他の男子の輪に入っていった。

そうなってくると、話し相手がいなくなってしまう。

鳥越は、後方の席で今どうしているのかわからない。後夜祭の相手を断った手前、どう接していいのか、スタンスがわからなかった。

鳥越は、以前告白してくれたことを合わせると今回で二回目となる。

「あ、しーちゃん、おはよ」

「おはよ」

伏見がやってきた鳥越に挨拶《あいさつ》をした。静香《しずか》だからしーちゃんなんだよなって頭の隅で考えながら、俺はこっちにやってきた鳥越にどう対応していいか、選択肢を頭の中で用意していた。

何か言われるまで待つか。

こっちから何事もなかったかのようにしゃべるか。

逃げるか。

こういうとき、逃げ道になってくれる出口は男子グループの中でケタケタ笑っているし、ヒメジも他の女子としゃべっている。

「おはよ」

とんとん、と後ろから肩を叩《たた》かれ、鳥越が伏見の前の席に座った。

「お、おお。おはよう……」

「顔で女の子を選ぶ高森《たかもり》くん、おはよう」

「嫌みかよ……」

らしいっちゃらしい。

けど、鬱々《うつうつ》と胸に秘めていられるより、直接ぶつけてくれたほうが、俺としてはありがたかった。

「いいでしょ。ひと言くらい」

「え、顔?」

伏見が不満げに自分を指差している。顔でわたしを選んだのか、と仰《おっしゃ》りたいようで。

鳥越は、俺を刺したつもりが、その後ろにいた伏見にもその棘《とげ》が貫通していた。

「違うからな、伏見」

と、俺はフォローするけど、鳥越は再び刺しにきた。

「いやいや、絶対そうじゃん」

むう、と伏見がむくれると、鳥越はふふふと笑って相好を崩した。

「意地悪言わせてよ、ちょっとくらい」

「冷やかしにきたんなら、席帰れよ」

「お祝いを言いにきたのに」

本気でそう思っているなら、毒を吐くことないだろうに。

それで留飲が下がるなら、そうしてくれて構わないけど。

「おめでとう。良かったじゃん」

改めての言葉に、伏見が席を立ち鳥越の元へ行く。鳥越も立ち上がって、がばりと二人で抱き合った。

俺は今何を見せられてるんだ？

「ありがとう。絶交だと思ってたから」

伏見が涙声で言うと、その背中を鳥越がとんとん、と叩いた。

「そんなことないよ。本当に。悲しいけど良かったと思ってるから」

うぅぅ、と伏見が鳥越の肩で泣きはじめた。

俺と同じくらい伏見も不安だったんだろう。

俺たちにとって共通の友達で、伏見にとっては鳥越の代わりはいないといっていいほど無二の友達だった。

「なんで私が慰める側なんだろう……」

苦笑する鳥越と目が合った。

「もうイロイロと済ませた？」

「男子みたいなこと訊いてくんなよ」

「日曜日と代休で二日あったし」

なんにもなかった。ただの休日だった。

あの日の帰り道は、どこかフワフワしていて、あまりしゃべらなかった。伏見も同様で、学祭の感想をぽつりと言っただけだった。

登校するときは、恋人というよりはいつもの伏見のままで「期末近いから勉強しないとね！」と、からりとした笑顔で言っていた。

だから俺もいつも通りの態度で接していた。

「言わないで良かったの？　出口くんに」

さっきのやりとりを聞いていたらしい。

手近なところで済ませるだの なんだの、と愚痴を聞かされた手前、言いにくかったのだ。

「タイミングを見て言うよ」

「そっか。もうお昼はひーなと過ごす?」

「しーちゃんも一緒ね」

泣きやんだ伏見が代わりに答えた。

「邪魔になるんじゃゃ——」

鳥越が言おうとすると、遮《さえぎ》るように伏見はぶんぶんと首を振った。

小さい子供と年の離れたお姉さんみたいだった。

「高森くん、いいの?」

「鳥越が嫌じゃなければ」

「今さらぼっちになるのはちょっと切なかったから、その提案はありがたくはあるんだよ」

鳥越なりに、整理がついていたのか。それとも、最初から覚悟して臨んでいたからなのか。

今日ここまででさっぱりとした言動が目立った。

話を聞いていたヒメジも会話に入ってきた。

「あの、いいですか」

小さく手を挙げて何か物申したそうだった。

「うん、どうぞ」

「顔で選ぶんなら、たぶん私だったと思うのですが」

「顔で選んでねえって言ってんだろ」

重大なミスを見つけたみたいな指摘してくんなよ。

「その話は終わってるんだよ。蒸し返すな。ややこしくなるだろ」

「藍《あい》ちゃんとわたしだったら、わたしだと思うけど」

これから斬り合う剣士みたいな顔で、伏見が真っ向から受けて立った。

「張り合うなよ」

「そうでしょうか？」

ヒメジも真《ま》っ直《す》ぐ伏見を見つめ返す。

立ち合いがはじまりそうなくらいの緊張感に包まれた。

「顔の系統違うじゃん」

呆《あき》れた鳥越が細目でぼそっと口にする。

「じゃあ、藍ちゃんは顔だけだったんじゃ――」

伏見の発言に、ヒメジは音が出そうなほど目を吊《つ》り上げた。あ、これは完全に伏見がわざと地雷を踏みにいったな。

ギャースカと喚《わめ》きはじめたヒメジが机にあったものを手当たり次第に投げはじめた。

「子供じゃないんだからやめてよ」

と言いつつも伏見も応戦する。あっという間に、俺の前後と頭上は物が飛び交う戦場となった。おまえらどっちも子供なんだよ。

「俺を間に挟んでるから——俺も当たりそうに——ぶへ⁉」

消しゴムがペシン！　と俺の頬《ほお》に直撃して、鳥越がプスス、と笑いを押し殺しながら机を叩いた。

息を切らす二人はようやく落ち着きを取り戻し、互いに睨《にら》み合《あ》い、同じタイミングでそっぽを向いた。

この二人に関しては、ケンカするほど仲が良いっていうそのままだった。

先生がやってくるとクラスメイトが席に戻っていき、学祭の感想や連絡事項を伝える中、ヒメジがムスっとしたまま前を見つめて言った。

「そんなことが言いたかったわけじゃないんです」

「明らかにケンカする気満々で会話に入ってきたくせに」

「そうだよ、藍ちゃんが悪いんだから」

「伏見もな」

喧嘩《けんか》両成敗。どっちも悪い。

「来週末、初公演があります。松田《まつだ》さんから聞いていると思いますが」

ヒメジが出る舞台のことだ。

夏休みのオーディションから、あっという間だった気がする。

「チケットをあげます」

ぞんざいに俺の机においたチケットは、後生大事にしまっていた封筒から取り出したものだった。

「どうせ暇でしょうし、見に来たらどうですか」

「暇じゃなくても見に行くつもりだったよ」

ありがとな、と俺はチケットを財布にしまった。

「姫奈《ひな》も」

俺にもう一枚を渡したヒメジ。それを俺は伏見に渡した。

「勉強になると思います」

「藍ちゃんで勉強になるかな？」

ううん、と納得いかなそうに小首をかしげている。

「部活レベルの舞台で大満足の姫奈には、プロの舞台は刺激が強すぎるかもしれませんが」

嫌みを混ぜるヒメジだったけど、伏見は素直にお礼を言った。

「ありがとう、藍ちゃん。楽しみにしてるね」

ひらひらとチケットを振って見せる笑顔の伏見に、ヒメジもようやく毒気が抜けたらしい。

「期待していてください」

「誰《だれ》が誰に言ってるんですか」

「トチんないでね」

ふふん、とヒメジは得意げに笑った。

アイドル経験があるヒメジだから、舞台に立つこと自体なんの心配もしてなさそうだ。

先生が教室を出ていき、束《つか》の間の休憩時間が訪れる。

「静香さん、これ。見に来てください」

チケットはまだあったようで、一枚鳥越に渡していた。

「ありがとう！　うん！　頑張ってね」

「当然です」

他にも仲良くしている女子数人にヒメジはチケットを渡していた。篠原《しのはら》の分も一枚確保しているらしい。

「篠原にも？　優しいんだな」

「別に。ただ余っただけですから」

「血の涙流して喜ぶと思うよ、あいつ」

感涙にむせび泣く篠原を思い浮かべたのか、ヒメジはげんなりとしている。推しの復帰後初の舞台だから、俺たちが思っている以上に喜ぶことは予想できた。

「一枚余りました」

封筒を覗《のぞ》くヒメジを、仲間にしてほしそうな出口がじいっと見つめていた。

「出口にあげてもいい？」

「諒《りょう》がそうしたいのなら」

チケットを受け取ると、熱い眼差《まなざ》しを送る出口の元へ運んでいった。

「出口。ヒメジからこれ。来てもいいって」

「修学旅行おんなじ班だったしな。見に来てほしいって思うよな、そりゃ」

もらえるもんだと思っていたらしく、出口は確固たる自信を覗かせた。

いや、たまたま余っただけだけどな。

リスト漏《も》れしていたことは伏せて、「舞台一緒に見に行こう」と当たり障りのないことを言っておいた。

「へえ、来週末か。稽古稽古でときどき学校休んでたけど。てか、たかやん、伏見さんと忙しいんじゃないのかよー」

ういういー、と出口が肩を軽くパンチしてくる。

「なんだよ、知ってたのか。別にその日は予定ないし」

伏見も見たいだろうし、と続けようとすると、出口の様子がおかしいことに気づいた。

「何？」

「否定全然しない……ええっ？」

置いていかれた犬みたいな、きょとんとした顔をしている。

「え、マジで？」

「何が」

「おいおいおいおいおいおいおい、オレが一番嫌いな学祭のノリとか勢いでカップルになったんじゃ」

「いや、そういうアレじゃないけど、まあ、うん」

オーマイガッ、と出口は頭を抱えた。

「伏見さんと？　オレ、ただカマかけただけなのに……ッ！　何引っかかってんだよ‼　ざけんなよッ！」

「どういう種類のキレ方だよ」

普通文句言うのはカマかけられた側なんだよ。

「マジで萎えるわ……一生童貞でいようって約束したのに」

「どっちも得しねえな、その約束」

した覚えもないけどな。

「どうせおまえら――！　クリスマスに彼女彼氏がほしいってだけでくっついたんだろ――⁉

時期的にもな！　くっつきやすいもんな！　お察ししますよ、ええ、ええ！」

大声で喚く出口は教室の注目を浴びていた。

泣きながら怒っていたせいもあるかもしれない。発言の内容より、変なやつがいるっていう注目のされ方だった。

俺と伏見に言っているというより、その怨嗟《えんさ》は学祭でデキたカップルに対してっぽい。

「元気出せ。な？」

「うっせえ！」

くわっと顔を上げた出口は、肩に乗せた俺の手を素早く払った。

「なんだよ、クソ……そうなるんならもっと早くくっつけよ……」

「紆余曲折《うよきょくせつ》あったんだよ。一応」

「なんでオレには美少女の幼馴染がいないんですか、神様。いや、美少女とは言いません……ビジュアル普通くらいでもいいので、女の子の幼馴染をどうかオレにも……守ってあげたい系の子だと嬉《うれ》しいです」

出口がついに神に話しかけるようになった。

もうそっとしておこう。

チケットを渡すミッションを終えて席に戻ろうとすると、肩を摑《つか》まれた。

「たかやん、おめでとう。オレの分まで……クリスマスは存分に楽しんでくれ……」

えぐ、うぐっと泣く出口。

置いていかれたのがそんなに悲しかったのかよ。

俺の狭い交友関係では、伏見とのことを報告しなければいけない人物はそう多くない。

けど、身近な人物でまだ言っていない人がいた。

放課後、伏見を家に招いて、二人で言おうと思ったけど件《くだん》の人物がまだ帰ってきていないので、仕方なく俺の部屋で待つことにした。

どういう反応をするのか、なんとなく予想がつく。

「かしこまって報告しなくてもいいんじゃない？」

「ううん。こういうのは、ちゃんとしておかないと」

ガシャン、と自転車を止める音がする。

「お、帰ってきたぞ」

「う、うん……」

思いつめたような表情で伏見がうなずく。

玄関から中に入ってきて、「ただいまー？」と上にいる俺たちに向かって一階から声を上げている。

どんどん足音が近づいてくると、扉が開けられた。

「やっぱ姫奈ちゃんじゃん。いらっしゃーい」

やほー、と明るく手を振る茉菜《まな》は、スーパーに寄ってきたらしく、まだ手にエコバッグを持っていた。

「うん。お邪魔してマス」

「なんかヨソヨソしくない？　どうかした？」

ちら、ちら、と俺と伏見を交互に見る茉菜。

「あーっ！　もしかしてエロいことしようとしてた？　なんかそんなカンジする。じゃごゆっくりー」

ニシシと冗談ぽく笑って去ろうとする茉菜を俺は呼び止めた。

「茉菜、ちょっといいか」

「んー？」

ひょい、と顔だけ部屋から見えるように覗かせた。

単刀直入に言おう。

「実は、伏見と付き合うことになった」

茉菜は、ぱちくりと瞬《まばた》きを繰り返す。

「え？」

「だからね、茉菜ちゃん。付き合ってるの、諒くんと」

ガサリ、と持っていたエコバッグが廊下に落ちる音が聞こえた。すっと顔を引っ込めた茉菜が秒速で自分の部屋のほうへ走っていった。

「あ、茉菜ちゃん！」

「あ、あれ？　お、思ってた反応と違う！」

なんだ、今の。

『えー⁉　マー⁇　にーにやったじゃん！　おめー！』

みたいな感じの、軽くてハッピーなリアクションすると思っていたのに。

バタン、と部屋の扉が閉まった音がする。

意外な展開に、俺はまだ理解が追いついていなかったけど、伏見はそうじゃなかったらしい。

「こうなっちゃったか」

「なんで？　すげー意外だった」

「そんなわけないじゃん……」

伏見は弱ったようにため息をついた。

「ちっちゃいときから、誰をお嫁さんにするかで、茉菜ちゃんは絶対にわたしと藍ちゃんに割って入ってきたし、諒くんがわたしを選んだときも、泣いちゃったことあったじゃん」

そんなことあったっけ？

「覚えてないね、その顔は」

「ご明察。けどそれはちっちゃいときのことだろ」

「そうだけど、もうそんなことにはならないかなーって一割くらいは思ってた」

　一割かよ。低いな。

「茉菜ちゃんは、諒くん大好きだからショックだったんじゃないかな」

　エロいことしようとしてた、とかなんとか言っても、ただの軽口だったたってわけか。

　伏見が重い腰を持ち上げて、部屋を出ていく。心配だったのでついていくと、茉菜の部屋の前までやってきた。

「茉菜ちゃん」

　扉に向かって伏見が話しかける。

　慰めるのかな。

　あんな茉菜の反応を見たことがないから、正直俺はどう接していいかわからない。

「さっきのは冗談じゃないよ」

　追い打ちかけるなよ。

「茉菜ちゃんもどこかでわかってたでしょ？　いつか諒くんも彼女作るんだって」

　茉菜からの反応はない。

　まだ付き合って三日。

　それらしいことは今のところ何もしていないけど、徐々に彼氏と彼女になっていくんだろう。

　もぞもぞ、と部屋のほうから物音が聞こえる。

「別に、にーにのことなんてなんとも思ってないし」

茉菜が出てきた。

むくれ顔一億%。

拗《す》ね散らかしている茉菜は、扉の前にいた俺と伏見をぐいっと両手で押しのけて廊下を進む。

「お幸せにっ。にーにのアホっ」

べっと舌を出すと、落としたエコバッグを肩にかけて階段をおりていった。

「俺の分の飯、ちゃんと出てくるかな……」

めちゃくちゃ心配になってきた。

おほん、と伏見がわざとらしい咳払《せきばら》いをする。

「諒くん、諒くん」

自分を指差す伏見。

「そうなったら作ってくれる、と？」

そういえば、前にそんなことがあったな。伏見が作って持ってきてくれたこと。

「ふふ……うんっ」

満面の笑顔で伏見はうなずいた。

「わたし、彼女、なので……」

うつむきがちでぼそりと言うと、俺はほどよい高さにあった頭を撫《な》でた。

「っ……」

お返しとばかりに、伏見が腰に抱き着いてくる。

華奢《きゃしゃ》な肩に薄い胸。指先で触れた伏見の頬《ほお》がポットみたいに温かい。

背に腕を回すと、体の細さがよくわかった。

「諒くん……」

吐息混じりの声で名前を呼ばれ、耳がくすぐったくなる。

薄暗い廊下で至近距離で目が合った。

「――姫奈ちゃん、ウチで晩ご飯食べ……」

「ぴゃっ」

「ぬわっ」

ささっと俺たちは離れた。

完全にさっきのは見られたらしく、しらーとした目で茉菜がこっちを覗いていた。

「……」

「あ、わたしにはお構いなく。大丈夫、ありがと」

動揺しながら、伏見が遠慮を示した。

「ふうん……そう」

「俺は要るからな、茉菜！」

なんとなくだけど、作ってくれなさそうだったのでちゃんと言っておいた。

「おまえの作る飯が食べたい」

懇願に近い申し出に、茉菜もまんざらではなかったようで、表情が和らいだ。

「あっそ。てか、にーにには訊いてないし」

素っ気ない言い方だったけど、さっきより態度が軟化したような気がした。

茉菜が引っ込むと、俺たちはクスクス笑った。

「びびった〜」

「茉菜ちゃん絶対狙《ねら》ってたよ」

「たまたまだろ。飯の準備するから、念のために確認しにきたんだと思う」

はぁ〜、と安堵《あんど》のため息をついていると、むにっと頬をつままれた。

「いて」

「なんかやきもち。茉菜ちゃんは妹で大事なのはわかるんだけど、なんとなく……そんなの、知ってたことなのに……」

すっきりしない様子の伏見は、もやもやを持て余しているらしい。

俺は伏見の手を引いて自分の部屋に戻った。

扉を閉めると、伏見が背伸びをしてついばむように唇をつんと触れさせた。

照れを隠しているのか、髪の毛で顔を覆《おお》うようにして触っている。

余った手に指を絡《から》めて握り合うと、体を預けるようにしてくる伏見。

扉に背をもたせる形になりながら、伏見を抱きしめる。

ぱっちりした瞳はすでに閉じられていた。

これまでこういうときは霞《もや》がかかっていた気持ち。けど今は晴れていて、素直に愛《いと》しいと思えた。

ゆっくりと唇を触れ合わせる。

離れていくと、火照《ほて》った顔の伏見が目蓋《まぶた》を開けた。潤んだ目をしたまま、俺の首を抱くようにして、またつま先立ちになった。

引き合う磁力があるかのように、唇を重ねた。

伏見のにおいと唇の柔らかい感触に脳がじんわりと痺《しび》れていく。

緊張なのか興奮なのか、息が荒くなりそうなのを俺はどうにか堪《こら》える。それは伏見も同じらしく、呼吸がいつもより乱れていた。

「ちょ、ごめ、りょ……待って」

かけられた魔法が解けたかのように、伏見が体を離した。

「こっ、これ以上は、すと、ストップね……っ！」

赤くなった頬を両手で挟んですとんと座り込んだ。たぶん、顔が熱い俺も赤くなってるんだろう。

「諒くん、意外とがっつり来るんだね……こう、真正面からがっつりと」

「こういうふうに付き合ったことないから、俺も自分で驚いている」

あの延長に、アレがあるんだよな……。徐々に冷静になっていくと、先のことが頭から離れなくなってくる。

「悪い。歯止めが効かなくて」

「う、ううん。いいの。ただちょっと驚いたっていうか。…………わたしも、と、止まらなくなっちゃいそうだったから」

「え？　伏見も？」

立ち上がった伏見は、鞄《かばん》を肩にかける。

「わ、わたし、帰るねっ！　きま、テス、テスト、期末、勉強、アルから。ジャネ」

動揺する目が右に左に動きまくるカタコトの伏見は、そそくさと部屋を出ていった。

「送ろうか？」

「い、いい！　大丈夫！」

とんとん、と軽い足音を立てて伏見が一階へとおりていく。

見送りを待たず、伏見はローファーを履《は》いて家を出ていった。

部屋に戻ると、まだ熱と伏見の髪の毛のにおいが少し残っていた。

「暴走だったかな」

反省をぽつりと口にする。

やりすぎたと思ったけど、伏見の反応では嫌そうな感じはしなかった。

伏見も暴走してたと思うし、お互い様なんだろう。

② 演劇鑑賞とクリスマスプレゼント

電車とバスを乗り継ぎ「芸術劇場前」というバス停で降りる。すると、同じ目的だったのか、ぞろぞろと何人かが続いて降りてきた。

バス停のすぐ先には、でかい図書館のような建物があった。市役所と言っても通用しそうな角ばった清潔そうな建物までの道には、綺麗《きれい》に整備された道と街路樹が植えられている。

あそこの大ホールで、今日ヒメジの舞台の初公演が行われる。

「ヒメ様、大丈夫かしら」

俺《おれ》の後ろについてきた篠原《しのはら》がぽつりとこぼす。鞄《かばん》から出ている「アイカ様♡」のうちわをしまえ。

「学校じゃ、余裕ぶっこいてたよな?」

隣にいる伏見《ふしみ》に話を振ると、こくこくとうなずいた。

「『見くびらないでくださいっ、プン』みたいな感じでいつもの調子だったよ」

プンとは言ってないけど、ツンツンしていることを表現したかったらしい。

「ヒメジちゃん、口ではああ言ってたけど、結構ポンコツなとこあるじゃん? 私は心配」

と、篠原の隣にいる鳥越《とりごえ》が言う。

その後ろには、出口《でぐち》と茉菜《まな》がいた。

「えー。デグー、ないわぁそれ。拒否られて当然じゃね？」

「マジで⁉　ダメなん⁉」

「ムードもクソもないのに、それはちょっとねぇ」

と、よくわからないが、出口が茉菜に恋愛相談をしているようだった。

俺たち六人は待ち合わせをして一緒にここまでやってきていた。

館内施設のマップを見て大ホールを目指すと、俺たちのようにヒメジにチケットをもらったクラスメイトたちがホールの入口にいた。

「最大一五〇〇人か。結構大きいよね」

どこかでもらったチラシを見ながら伏見が言った。

「オーケストラの演奏会やったりするくらいだもんね……」

どんどん伏見の表情が曇っていく。なんだかんだで心配しているらしい。

「この劇場の演劇とか演奏会のＣＭときどきやってるもんな。前売り券発売中って」

「ここらへんじゃ、一番オフィシャル感強くてちゃんとした劇場なんだよ」

劇場に関してさっぱりな俺に、伏見が解説をしてくれた。

開放されていた出入口から劇場内に入り、チケットにある指定席に座った。

近すぎず遠すぎずといった距離感でちょうどいい。

開演まであと三〇分ほどある。飲み物を買ってこようと席を立ち、来る途中で見つけた自販機へ向かった。

「きゅん――――！」

通路の向こうに、俺がお世話になっているバイト先の社長の松田《まつだ》さんがいた。ヒメジが所属する事務所の社長でもあるので、初公演だからか今日はジャケットに襟《えり》付きのシャツを着ていた。

品のあるオシャレな金持ちって風貌だった。

「あ、松田さん、おはざす」

挨拶《あいさつ》をするなり、小走りでかけてきた。両手を前後じゃなく左右に振っている。

走り方もめちゃくちゃオネエだな。

「いよいよですね」

「探してたのよ。携帯なんで出ないのよぅ」

プリプリと怒っている松田さん。

劇場内に入ったからサイレントモードにしていて全然気づかなかったけど、今見ると松田さんから電話が何件も入っていた。

「あ、すみません。今気づきました。どうかしたんですか？」

「アイカちゃんが……！」

「ヒメジが、どうかしたんですか？」

「控室まで来てちょうだい」

「え？」

説明する間も惜しかったようで、俺の手を摑《つか》んでずんずんと歩きはじめた。

「ヒメジがどうかしたんですか？　まだ来てないとか？」

「来てるわよ。ちゃんとリハもしたし、あとは本番でぶちかますだけっていうのに、あの子は……」

んもう、と不満をこぼす松田さん。

関係者専用の入口から裏に入り細い通路を進み、部屋の前で足を止めた松田さんは何度も雑にノックをした。

「アイカちゃん、きゅんが激励に来たわよ」

「いや、俺は別にそういうんじゃ……」

むにっと尻《しり》をつねられた。

「いた。ちょっと何するんですか」

「今アイカちゃんは、子兎《こうさぎ》みたいにプルプル震えて顔真《ま》っ青《さお》なのよ」

ヒメジが？　全然想像つかないけどな。

「サクモメのときは、キャパ三〇〇人がせいぜいのライブしかしてこなかったから、今さらになってビビっちゃってるのよぅ」

弱ったように松田さんは扉にため息をぶつけた。

「口では強がるのだけど、意外と大舞台に弱いのよ。オーディションのときも、きゅんと入口で会うまで似たような状態だったし」

俺と伏見より、鳥越のほうがよくヒメジをわかっていたらしい。

くいっと松田さんが顎《あご》をしゃくる。うなずいた俺は、ノックをして扉に話しかけた。

「おーい、ヒメジー？　ビビってんのかー？」

「はぁ？　誰《だれ》が何にビビってるって言うんですか」

……口調と内容はいつも通りにしか聞こえない。

「大丈夫なんじゃ……」

硬い表情で松田さんは首を振って、扉をばっと開けた。

「一発キスでもしてあげてちょうだい」

「え？　は？」

どん、と背中を押され中に放り込まれた。

六畳ほどの部屋には簡素な長机を二つくっつけただけの荷物置きがあり、パイプ椅子《いす》の上にヒメジが膝《ひざ》を抱えて座っていた。

メイク室は別にあるようで、机の上にはヒメジの鞄とペットボトルの水。他関係者からもらったらしい花束《はなたば》、あとは二種類の弁当が二つずつ重ねられていた。

舞台の簡単なあらすじとしては、主役の町娘とそれを取り巻く人たちのハートフルストーリーって感じで、衣装に着替え終えていたヒメジは、すでに町娘として仕上がっている状態だった。

「緊張してる？」

「してません」

「口では立派なこと言えるんだな」

「なんですか。差し入れも持って来ずに、控室に入ってくるなんて」

ようやく顔を上げたヒメジは、松田さんが言っていたようにいつもの覇気が目にないし、青白い顔色をしていた。

「衣装もメイクも、舞台で見てもらうはずだったのに台無しです。来るなら、あと一時間早く来てくれないと、とても迷惑なのですが」

「悪かったよ」

来たんじゃなくて連れてこられただけだけど、一応謝っておいた。

「衣装、似合ってるな」

「……、町娘程度が私にはお似合いだと、そう言いたいんですか？」

「どんな受け取り方だよ」

曲解にもほどがある。

「ヒメジ、伏見が見に来てる」

「知ってます。チケット渡しましたから」

「オーディション落ちたとき、めちゃくちゃ泣いてたんだ」

「……」

「蹴《け》落とした人たちの分も、堂々と演じる義務があると俺は思う」

「……偉そうに」

口を尖《とが》らせてもっともなことを言うヒメジ。

「演技、下手くそじゃなくなったんだろ?」

「当たり前じゃないですか。どれだけ稽古をしてきたと思ってるんですか。ハゲの演出家に違うだのなんだの言われて、次の日同じことやったのに『そうだよ、それだよ』って言われて、ワケがわからない数か月だったんですから」

そんな不満があっても、根が真面目《まじめ》なヒメジは、真っ直《す》ぐにぶつかっていったんだろう。不器用で意地っ張りなこの幼馴染は。

愚痴っぽく言うヒメジに俺は手を差し出す。

「無敵のアイカ様が膝抱えてちゃみんながっかりだぞ」

手を取ったヒメジを立ち上がらせた。

ドンドンドン、と忙《せわ》しなく扉が叩《たた》かれた。

「そろそろ開演なので急いで――」

「ちょっと、ウチの子を急かさないでちょうだい。今精神統一を――」

外でスタッフと松田さんがバトルしている。

「けどみなさんすでにスタンバイを終えてて……」

「きゅん！　ここはアタシに任せて、アイカちゃんと一発ヤっちゃって！　緊張ほぐれるから！」

そんなことしねえよ。

「松田さんも過保護ですね」

呆《あき》れたように言うヒメジの表情が少し柔らかくなっていた。

「一発って、何をするんですか？」

小首をかしげて俺に訊《き》いてくる。

「なんにもしねえよ」

「ノってこないなんて、つまらない男ですね」

「そういや、篠原がアイカ様のうちわを持ってきてて……」

「席でそれを持っているのを見つけたら、一生口きかないって言っておいてください」

「了解」

すると、一歩踏み込んだヒメジが頬《ほお》と頬をそっと合わせてきた。すぐに離れると、はにかむように笑った。

「これくらいなら、いいですよね」

「び、びっくりした……何するのかと思った」

いきなりのことで俺が動揺していると、自分でやっておいて恥ずかしかったのか、ヒメジが頬をうっすらと赤くしている。

「何って、外国じゃただの挨拶ですけど？」

「ここは日本で、俺たちゃ日本人だろ」

「細かいですね」

と、ヒメジは大げさに肩をすくめる。まだスタッフと松田さんが言い合っている出入口へ一歩踏み出した。

横顔は、俺が知っているいつものヒメジに戻っていた。

「行ってきます」

喝采《かっさい》の拍手とともに幕が下ろされ、客席にも柔らかい照明が点《つ》いた。上演が終わったとアナウンスが流れ、ぞろぞろとお客さんが出ていく。

「藍《あい》ちゃん、カッコよかったね。歌も上手《うま》いし」

はぁー、と隣に座る伏見は感心した様子だった。

「舞台度胸がやっぱすごいんだねー」

さらにその向こうに座る鳥越が付け加えた。

開演前、あんな状態だったとは誰も知るまい。風邪ひいて熱でもあるのかってくらい顔色が悪かったし。

開演寸前に戻ってこられた俺は、帰りに迷ったと適当な嘘《うそ》をついておいた。本当のことを言ってみんなを不安がらせる意味もないし、たぶんヒメジも実際どうだったかなんて知られたくないだろうから。

ヒメジが楽屋を出ていったあと、松田さんには感謝されまくった。

『ありがとね、きゅん。子兎が戦乙女に変わったわ～』

とかなんとか言われた。

切っていた携帯の電源をオンにすると、さっそく一件のメッセージを受信した。

『サインがほしかったらいつでもどうぞ！』

ヒメジからだ。

ちょうど今受信したので、裏に引っ込んですぐ送ってきたらしい。他にやることねえのかよ、と思わず苦笑いが出る。

「どうしたの、諒《りょう》くん？」

「ヒメジから、これ」

携帯の画面を見せると、ヒメジらしいメッセージに伏見が呆《あき》れたように笑う。

「終わったばっかでテンション高いんだよ」

「終わったのに？」

「人によるけど、そういう人のほうが大半だと思うよ。役に入ったままだ抜け出せてないとか」

よくあることらしい。

今日の出来は、学祭映画を撮っていたときのヒメジとは大違いだった。

撮影序盤の大根役者ぶりは話にならなかったけど、後半はそれでも上手くなったほうだった。けど、今日の芝居はそれ以上の仕上がりだった。演出家にあれこれ文句を言われながらの稽古は、無駄じゃなかったようだ。

クラスメイトや出口や伏見が口々に感想を言い合いながら、劇場を出ていき、俺もそれに続いた。

「ヒメジちゃん、すごく良かった。舞台って、ひーなのやつ以来だからどんなのかと思ったけど、生は迫力があるね」

鳥越も表情には出さなかったけど、感銘を受けたらしく普段よりも口数が多かった。

「私も、頑張ろ」

「小説？」

「そう。この前渡したやつ、賞に出したんだけど」

「お、おお。どうだった？」

「全然。そりゃそうかって感じで、甘くないんだなってわかったよ。自分がやってみて思うけど、高森《たかもり》くん受賞したのって普通にすごいよ」

改まって言われるとくすぐったくなる。

「あれは、応募数少なかったからだろ」

「そうやってすぐ卑下する」

外では伏見や茉菜たちが固まって俺と鳥越の到着を待っていた。

「にーにも藍ちゃんに感想送りなよ？」

「ああ、まあそうだな」

調子に乗るのが目に浮かぶなぁ。

「ヒメ様……今日は、初公演お疲れ様、と……久しぶりに舞台に立つ姿を見て、涙で前が見れず……」

口に出しながらメッセージを打つ篠原は、典型的な面倒くさいファンだった。

ブロックされなきゃいいけど。

「たかやん、このあとファミレスかどっか行こうって話になってんだけど、行こうぜー」

わざわざ調べてくれたらしく「あっちにあるらしい」と出口が方角を指差す。

伏見を見ると目が合った。まだ夕方の四時。終わってから出かけようという話になっていた。

「出口、悪い。予定あるから」

「そうなん？　何すんの？」

「いや、まあ……」

俺に相槌《あいづち》を打つように伏見が小さくうなずくと、それでお察しいただけたらしい。

膝をついた出口が、拳《こぶし》で地面を叩《たた》いていた。

「んでだよ……。サンタさん、オレにも幼馴染の女子を……ください……。清楚《せいそ》系が無理ならギャルでもいいです。いや、ギャルがいいです……」

今幼馴染いないならもう出来ないだろ。

「カップルっぽいことしてるんだ」

うっすらと笑いながら鳥越が冷やかしてくる。

「しーちゃんも一緒に行く？」

「ああ、ごめん、そういう意味じゃなくて。私いたら邪魔になるから」

「そっか……」

これはこれで、伏見も寂《さび》しそうだった。

俺たちは一足先に抜けることにして、再びバスに乗って繁華街を目指した。

「藍ちゃん、すごかったなぁ」

隣の席でぽつりと伏見がつぶやく。

「お芝居もすごく上手になってたし……」

身近な幼馴染が、ああいうふうに活躍しているのを目にした伏見は、さっきの舞台が窓の外にあるかのように、ずっとそっちを眺めている。

届きかけた主演の座でもある。

感傷に浸るのは無理もないだろう。

「ヒメジにはヒメジのいいところがあるし、伏見には伏見のいいところがある。……と俺は思う」

「諒くんさー、なんか変だと思わない？」

「何が？」

ざっくりとした質問に、話がさっぱり見えなかった。

けど、なんとなくの雰囲気で俺が何かやらかしたような気配がある。

「わたしのこと、フシミぃっていつまで呼ぶの？」

あ……そういえば。

「わたしは、諒くんの………彼女、なんだから……その……」

もじもじ、と急に小声になった。

「呼び方……。他の人と同じは、イヤ、かな……特別なのがいい」

バスの揺れを利用して、ぴったりとくっつく伏見。

特別な呼び方……。

「『ひなぴ』とか」

「ふふっ」

予想外の提案に、伏見が吹き出した。

「んもうっ。ふざけてるでしょー？」

笑いながら上目遣《うわめづか》いで見つめてくる。いつの間にか絡《から》めていた腕はまだしばらく解《ほど》きそうにない。

「『ぴ』ってつけるのは、アリなのかなって思って」

「じゃあ、いいよ。呼んでね、みんなの前でも『ひなぴ』って」

「……」

「ほら。やっぱ恥ずかしいなって思ってるじゃん！」

「なんも言ってねえだろ」

たしかにそう思ったけど。

責められてばかりなので、お返しに耳元でそっとささやいた。

「ひなぴ」

「ふふふっ。もぉー！　ネタみたいに使ってくるのナシ。笑っちゃうから」

「うん、ひなぴはナシだな。ふざけるとき以外は」

「完全にネタ枠になっちゃってるし」

伏見がご機嫌そうにくすくすと笑った。


繁華街にやってくると、行くあてがとくになかったのでファッションビルに入り、テナントの店を見て回った。

街もビル内もクリスマスモードになっており、カップルの姿がよく目についた。

「諒くん、これ、見て。変な本」

雑貨店に入り、気になった一冊を見せてくれる伏見。

伏見って、何がほしいんだろう。

遡《さかのぼ》れば、クリスマスプレゼントを渡すのは小学校低学年が最後だったと思う。それも、学校のクリスマス会とかで用意せざるを得なかった、という半強制的なイベントだったからだ。

幸い、松田さんの事務所でバイトをさせてもらってるおかげで、自由に使えるお金はそれなりにあった。

大奮発してもいいけど、逆に気を遣わせないだろうか。

伏見も俺のプレゼントを何か考えてるんだろうか。

「諒くん?」

「え、ああ、悪い」

レジ近辺にあった伊達眼鏡《だてめがね》をかけて似合うかどうか試しているようだった。

「似合う?」

「似合う」

「ふふ」

満足そうに笑みをこぼした。

「藍ちゃんなら『似合って当然です』とか言いそう」

真似た口調が似ていて俺も笑いそうになった。

雑貨店を出ていき、店頭に並ぶ着飾ったマネキンを横目に通り過ぎていく。

プレゼント、服か? もしそうするなら、茉菜に一旦《いったん》相談したいな。

「休憩しようか」

ビルの上のほうは飲食店フロアになっていて、たしかカフェがあったはず。

「えっ」

目を剝《む》いた伏見がゆっくりと赤くなっていった。

「休憩……いや、歩き疲れたかなと思って。上にカフェあったよな」

「えっあっ、カフェ、ああうんあったあった」

誤魔化《ごまか》すような早口で伏見は言って、逃げるようにエスカレーターを探す。

さては変な勘違いしてたな？

真面目でお堅い伏見は、家では女の子向けのエロ小説を読んでいる。

興味はあるんだよな、一応。

エスカレーターに乗ると、先に乗った大学生くらいのカップルが、至近距離でイチャついている。

「あ」

怪しい距離になると、顔と顔を近づけた。

今絶対ちゅーした。

「見ちゃだめっ」

伏見も見ていたらしく、俺に目隠しをした。

「見たくて見たわけじゃ」

「な、なんで公共の場でしちゃうかな……もぅ……」

学級委員らしいことを言うと、目のやり場に困たのか体をこっちに向けた。

「クリスマスが近いからじゃない？　他人のを生で見たのはじめてだから衝撃だったけど」

「そだね。びっくりした……」

それでも後ろが気になるようで、ときどきちらちらと覗《のぞ》いていた。

フロアに到着すると、ぐるっと見て回り一番空いているカフェに入った。

「ここ、四月に来たよね」

「そうだったな」

俺も覚えている。

思えば、あれがデートと呼べるものをしたはじめての日だった。

やってきた店員さんに席を案内され、メニューを見て、再びやってきた店員さんに注文をする。俺はコーヒー。伏見はカフェオレ。

ほどなくして運ばれてくると、伏見がマグカップを両手で包んで口元に運ぶ。

鳥越だけだと思っていたけど、伏見とも無言の間は気にならなくなっていた。距離があったときのことを引きずって、俺が勝手に『無言の時間は気まずい』と思い込んでいただけなのかもしれない。

さっきの舞台の話になって、学校の友達の話になって、クリスマスは昔こんなことをしていたねって思い出の話になって、マグカップに口をつけながら他愛のない話をしていった。

「すごかったなぁ、藍ちゃん……」

そしてまた舞台の話にループする。ヒメジのことを羨《うらや》むように褒めるのは、今日これで何度目だろう。

いつの間にかマグカップの中は空になっていた。伏見がトイレに席を立つと、伝票を持って行きレジで会計を済ませておいた。

「払ってくれたの？　わたしのはカフェオレだから……」

「いいよ。デートなんだし、俺が出すよ」

「えー。そういうわけには……」

真面目だなぁ、と俺は苦笑いをする。伏見が財布からお金……きっちりカフェオレ代を出したけど、断固として拒否した。

「じゃあ、今度何かおごって」

「それならいいか」

こうして丸く収まった。

「諒くんが、いつの間にか大人になってる」

おごるって言ったからだろう。

「お互い様だろ。いつの間にかエロ小説も読むようになって……」

「あ、あれはロマンス小説！　変な言い方しないでっ」

どっちも一緒だろ。

周りのカップルがそうしているのもあって、俺たちは自然と手を繋《つな》いでいた。

ファッションビルから出て、次はどうするか考えていると、伏見がカラオケ店の入っているビルを指差した。

「諒くん、いい？」

なんとなく、言いたいことはわかる。

ヒメジに触発されたのと、モヤっとした気持ちを晴らしたいんだろう。

ふたつ返事をすると、さっそくカラオケ店に向かった。

受付を済ませ、案内のあった薄暗い個室に入ると、二人掛けのソファとテーブルがある程度の激狭ルームだった。

上着を脱いでハンガーにかけていると、伏見がぽつりと言う。

「狭いけど、ちょうどいいね」

「何が？」

「くっつくのに」

それを期待してのカラオケだったのか……？

ていうか狭くてくっつかざるを得ない。

伏見は端末を操作するとさっそく二曲入れた。地声よりもワントーン高くなった甘い声を聞きながら横顔を見つめる。ディスプレイの光に照らされた瞳《ひとみ》が映像をうっすらと反射していた。

「諒くんも何か入れたら？」

「そうだな」

ぱっと思いついたのが、この前学祭の打ち上げで伏見にリクエストされた曲だった。完全なラブソングで、歌詞に出てくるリナという名前を好きな人の名前で歌うのが、カップルの間で流行っているらしい。

聞いたときは、やるわけねえだろって思ってたけど、まさかそんな日が来るとは。

一曲歌い終わると、伏見は二曲目をキャンセルした。

「あれ、いいの？」

「いいの、いいの。聴きたいから」

期待一色に染まった視線が俺の横顔に突き刺さる。プレッシャー感じるなぁ……。

前リクエストされた通りに、歌詞で出てくるリナをヒナに変えて歌った。

「きゃーっ」「にゅふふ」「あーっ」「恥ずかしーっ！」とかあれこれ言いながら伏見が俺を叩いてくる。

「こっちだって恥ずかしいんだぞ」

「言われてるわたしは、もっとだから」

ようやく終わって、マイクを置く。途中から開き直って歌ったけど、まだ顔が火照っている。

「良い歌詞だよね。『なありナ、おまえがいればなんにもなくても笑っていられる』って」

ありきたりな、と一蹴してしまえそうな曲だけど、このときは伏見に同意だった。

「わたし、諒くんのそんな彼女になりたいな……」

こてん、と肩に頭を預けてくる。

後ろから肩に手を回すと、伏見が唇を小さく動かした。何か言いたげで何か期待をしている
桜色の唇を俺は首を傾けて迎えに行った。

最新のヒットチャートを紹介するタレントの声と効果音の隙間《すきま》に、ちゅ、と生っぽい音がする。

「公共の場で、しちゃったね……」

目をうっとりと細めて、照れたような笑みをこぼした。

「密室だからセーフ」

「そ、そっか……。じゃあ……もう一回」

どこかのバンドのMV映像の音にかき消されそうな、ささやく声だった。

安っぽい革張りのソファーの上で、一度、二度とキスをする。吐息が漏《も》れ聞こえる。俺のなのか、伏見のなのか、よくわからない。お互いの顔が熱いってことだけはわかった。コーヒー飲んだあとだけどにおい大丈夫か？　と思ったけど、気にしてなさそうな様子の伏見は、ねだるような困った表情で、唇をつんと突き出した。

軽く歌うだけ、と言って一時間で入ったカラオケだったはずが、歌ったのは最初の数曲だけ。残りの時間は狭かったソファも余るくらい密着していた。夢中だった俺たちには一時間はあっという間だった。

外に出ると、一二月の風が熱くなった頭を冷やした。

「夕飯、どうする?」

門限が厳しいってイメージはなかったけど、念のため確認をした。

「まだ帰りたくないよ、わたし」

「そのつもりなら、飯食って帰ろうか」

茉菜にメッセージ送っておくか。早めに言わないとキレるからな。

さっきのファッションビルのほうへ戻り、俺はトイレに行くため一度外した。

飯食うって、どこかあったっけ……。

俺は近辺のマップを脳内で再生する。カップルが行くにしちゃ、ファミレスはちょっと微妙だよな。昼ならまだしも。

いや、いいのか?　気を遣わせないって意味では、ありなのか……?

伏見が何をほしがっているのかまだわからない。

いっそのこと、鳥越あたりに相談したほうが早いかもしれない。

「何食べたいか、聞いてから店探そうか」

用を済ませてトイレから出ると、伏見はすぐに見つけられた。けど、そばには三〇代くらいの男の人がいて、何か話していた。

またナンパか……⁉

大きめの声がすぐ出せるように、おほん、と喉《のど》の調子を確認。

自分に気合いを入れて、ずんずんと近づいていった。

「あっ、あの！　何か用ですか！」

後ろから大声で話しかけたせいで、二人ともびくんと肩をすくめてこっちを振り返った。

「諒くんか。びっくりした……」

「あ。ええっと、こちらが彼氏の？」

「……てへ。はい……」

恥ずかしそうに頰をかきながら肯定する伏見。

「どうもどうも。ごめんね。彼女さんに勝手に話しかけちゃって」

「いえ。あの、ナンパですか」

やる気満々のバキバキの目を俺がしていたからか、男の人は慌てて両手を振った。

「いやいやいや……近いけど違うよ」

ナゾナゾか……？

訝《いぶか》っている俺に、男の人は名刺を一枚出した。

「ＣＳＯ《キャストスタジアムオフィス》の森《もり》です。うちはモデルとかタレントの事務所をやっていて、それで彼女さんに声をかけさせてもらったところで——」

名刺をよく見ると、その通りのことが書いてある。

やや綺麗《きれい》めなカジュアル系の服装をしている森さん。

肩書きには、マネジメントサポート部チーフとあった。

「すみません。怪しい人かと思って」

「全然全然。はたから見たら怪しいだろうしね。間違ってないよ」

森さんは自虐的なことを言って肩を揺らして笑う。

「もし興味があったら、名刺のほうに連絡ちょうだい。じゃあ、デート楽しんで」

ぺこり、と伏見が小さく礼をする。

ひらひらと手を振った森さんは、あっさりと去っていった。

俺は改めて名刺と遠ざかる背中を見比べた。

「ＣＳＯ……要は芸能事務所的な？」

ん？　ちょっと待て。

「もしかして今スカウトされてた？」

「ど、どうなんだろう。自己紹介と軽い挨拶されて名刺もらっただけだから」

「それをスカウトって言うんじゃ……」

何かに気づいた伏見が、財布のカード入れの中から別の名刺を引き抜いた。

「あ。やっぱり！　前もらったこれもＣＳＯ」

ほら、と伏見が見せてくれる。

「夏祭りで会った高城《たかしろ》さん。さっきの森さんと同じ」

「あー。俺も名刺渡されたっけ」

どこに保管しているかまったく思い出せないってことは、捨てたか失くしたっぽい。

「伏見は、その会社と縁があるってことなんじゃない？」

「そうかな……？」

「一度ならず二度までも。しかも今回はスカウトだし」

「スカウトって東京でされるんじゃないの？」

「…………い、言われてみれば」

東京には電車で行ける距離だとしても、ここは地方都市。めちゃくちゃ地元。芸能スカウトが目を光らせているとは到底思えないし、そんな話聞いたことがない。

芸能人のデビューのきっかけは、東京のどこそこを歩いているときに、ってエピソードをよく聞く。

「じゃあ、森さんはなんで伏見に名刺渡したんだろう」

「わたしと個人的に連絡を取りたかったから……とか？」

伏見が疑《うたぐ》り深くなっている。

変な事務所のエロ社長に足下を見られた経緯があるから、かなり慎重になっているようだ。

「けど、連絡取りたいだけなら、ＳＮＳのアカウントで済むだろ。会社の名刺ってことは、仕事として渡してるんだと思う」

「それもそっか」

熟考中の伏見は、穴が開きそうなほど名刺を見つめている。

夏休みの伏見なら、大喜びして真っ先に飛びつきそうなもんだけど、保留という行動コマンドを覚えたらしい。

夕食は何を食べるかという話題を振ると、洋食チェーン店の名前を挙げた。

「オムライスかパスタかハンバーグが食べたいの」

「わんぱくだな」

「ふふ。全部食べないよ、さすがに」

自然と手を繋ぎ、最寄りの店舗に足を向けた。

「デザートも美味《おい》しいし、お手頃お値段だし。クリスマスの時期は洋食って感じするじゃん」

「まあ、和食ではないよな」

今日はさんざんクリスマスの装飾を眺めてきたから、気分がそうなるのもわかる。

大通りに面したその洋食店を見つけ、中に入った。

空風に首をすくめていた伏見も、ほっとひと息ついたようだった。

「クリスマスの前に期末テストかぁ……」

「来年は受験だしな……」

俺たちは案内された席で、二人して遠い目をする。

「クリスマスは、みんなでパーティしたいな。諒くんはどう思う?」

「二人がいいもんだとばかり」

「それも考えたけど、来年受験って考えたらクリスマスに遊べるのは今年が最後かもしれないから」

「それもそうだな」

異論はなかった。二人きりは、クリスマスじゃなくてもいいわけだし。

メニューを見ながら、伏見のほうをちらっと覗く。

体育祭の前に、事務所を探すのは焦《あせ》らないと言っていた伏見。

前回のことがあっただけに、警戒するのもわかる。

けど、高城さんとかいうCSOの社長は、伏見が芝居の勉強をしているアクターズスクールの人が紹介した人だったはず。

「話だけでも聞いてみたらいいんじゃない?」

「うん?」

「さっきの森さん」

「ううん……どうしようかな。テストもあるし……それに諒くんとも」

「俺？」

「うん……いっぱい遊びたいなって……」

うつむきながら、小声で言う伏見。耳が赤くなっていた。可愛《かわい》い。

「それは、俺もそうだよ」

「諒くんのエッチ」

「なんでだよ。二人で遊ぶことはそんなにエロいことじゃ……」

俺の部屋でのこと。さっきのカラオケでのこと。

白昼夢みたいにフラッシュバックして、言葉に詰まる。

伏見もそれは同じで、さらに顔を赤くしている。

……そうだ。

もう幼馴染として遊んでいるわけじゃない。

俺は彼氏で伏見は彼女。

好き合っている二人が遊んでいれば、いずれそういうことにも……。

「エッチなこと考えてる顔してる！」

「声がでけぇよ。先に遊びたいって言いはじめたのはそっちだからな」

「う。そうだった」

「しかもいっぱいだなんて」

「うぅ……いいじゃん！　幸せなんだからっ」

「まあ、うん。否定はしない」

くすくすと俺たちは笑い合った。

ふと、受賞時の講評が脳裏をよぎる。

俺の彼女になった伏見は、芝居が上手く、業界の審査員が見ても評価するレベルだった。今もまだアクターズスクールに通って勉強を続けている。

真面目で頭がよくて才能があるこの子を、俺だけが縛るのはよくないんじゃないかと思ってしまう。

容姿も才能も、どちらも望んで手に入るものじゃない。

オーディションに落ちて泣いた伏見。ヒメジに嫉妬《しっと》する伏見。羨むような遠い目をする伏見。ひたむきに努力を続ける伏見――。

たぶん伏見の中で答えは出ていると思う。

「まあ、スカウトの件は話だけでも聞いてみたらいいんじゃない？　違うなって思ったらやめておけばいいだけだし」

俺は、最後に軽く背中を押した。

③ テスト勉強と大寒波

「よかったでしょぉ、アイカちゃん」

初公演翌日。

バイトがあったので出勤すると、ニコニコした顔で松田《まつだ》さんが挨拶《あいさつ》もそこそこに切り出した。

「はい。ミュージカルって見たことなかったんですけど、面白《おもしろ》かったですし、ヒメジも芝居が上手《うま》くなってて」

「でしょでしょ」

自分が褒《ほ》められたかのように、松田さんは嬉《うれ》しそうに椅子《いす》をくるんと一回転させた。

「でも、きゅんが来なかったらって思うと、ゾッとするわね……」

「あいつ、ビビりなんですね、意外と」

「まあ、慣れよね、そのへんは」

アイドル時代も最初の頃はああだったらしい。徐々に自信をつけていって、アイカ様に仕上がっていったとか。

「あ、そうそう、アイカちゃんから聞いたわよ。伏見《ふしみ》ちゃんと付き合ってるんですってね」

「はい。めちゃくちゃ最近ですけど」

言おうと思っていたので手間が省けた。

「クリスマス近いんで、プレゼント何にしようかなって悩み中で」

業務用のＰＣを立ち上げながら、俺《おれ》はさりげなく訊《き》いてみた。松田さんはファッションセンスあるし、オネエだから女性的な意見も聞けるのでは、と期待しての相談だ。

「プレゼント？　そんなの決まってるじゃない」

「なんですか？」

「コレよ、コレ」

両手で卑猥《ひわい》な動きをしてみせる松田さん。

最低なハンドサインだ。まともな意見が聞けると思ってたのに。

「真面目《まじめ》に聞いているのに」

「大真面目ちゃんよ、こっちも！」

なぜか逆ギレされた。大真面目ちゃん？

「きゅん、いいこと？　スキンシップは大切よ。だからヤっちゃいなさいよ」

「身も蓋もねえ」

スキンシップは十分しているような……。

「でもまだそんなに日が経《た》ってないので」

「だから、きゅんのきゅんもきゅんしないってこと?」

何がなんの話だよ。

「若いのに。珍しい子ね」

「いやいや、そりゃ、まあ『きゅん』しますけど……そういう目的だったたって思われないか心配なんです」

「バッカねぇ〜」

くるりん、とまた椅子を一回転させた。

「向こうもムンムンに期待しているわよ、きっと」

松田さんはまた最低なハンドサインを繰り出した。

ムンムンに、期待……。

服が半脱ぎの状態で恥ずかしげにしている伏見がふわっと思い浮かんだ。

「そ、そうなんですかね」

かもしれない、と思ったことはあるけど、この選択肢を間違えれば一気にドン引きさせることになりかねない。

リスクを考えたら、無難に何かしらのプレゼントを贈ったほうがいいと思うんだけど。

どんな意見をくれるのかと思ったら、完全にオス目線。

これが意外とありがたい。

俺にその角度でアドバイスをしてくれそうなのは、出口《でぐち》くらいしかいない。けど、クリスマスプレゼントの相談なんてしたら、嫉妬《しっと》の炎であいつ自身が燃えて灰になりかねない。

「聞き方を変えます。物だったら何がいいと思いますか？」

「好きな物を買ってあげる——これでいいのよ」

「ざっくりですね」

「自分のプレゼントのために頭を悩ますこと自体が嬉しいものよ。何をくれるかは重要じゃなくて」

「気持ちの問題だと」

「ええ。その上でコレを」

「その手もういいって！」

いい、いい、いい、と俺はまた卑猥な手つきをはじめた松田さんにストップをかけた。

この人、男子のノリもわかるんだよな。けらけら笑ってるけど。

作業の合間に話を聞くと、松田さんは初日は舞台関係者と業界の招待客に挨拶をして、二日目以降の現場は部下に任せているそうだ。

「舞台の演出家だったりドラマや映画のプロデューサーだったり、色んな人が見に来るのよね。とくに初日は」

とんとん、と机で書類を整えた松田さんは、ちょいちょいと手招きをして俺を呼び寄せた。

「狙《ねら》い通りバチバチに大好評だったから、アイカちゃん、きっと忙しくなるわよん」

むふん、と口《こう》をωしてにんまりとするオネエ。機械音痴のくせに、人を見る目はある不思議な人だった。

「はい、これ」

「なんの書類ですか？」

渡された数枚の書類は、プレゼン資料のようなものだった。

「MVや内部向けのPVを作成するのはほぼ外注だったんだけれど、自社の動画制作部署を作ろうと思って。最初はコストが多少かかるけれど、自社で作ったほうが長い目で見れば安上がりなのよ。小回りも利《き》くしね。プロモーション用にSNSアカウントも作ってそこにオフィシャルの動画をのせたり、最近よくあるでしょ？」

「はい」

「んもう、勘の鈍い子」

「よく言われます」

「きゅんにも、新設した部署のお手伝いもしてもらおうと思って」

手渡された資料に目を通している俺は、ふと顔を上げた。

「俺にも？　けど、バイトですよ」

「関係ないわよ。きゅんは、社長付き秘書兼動画クリエイターになるのよ！」

びしぃっと人差し指を突きつけてきた。

「のよ！　じゃなくて……いつ秘書になったんですか」

動画制作を手伝うこと自体はいいよ。

面白そうだしやってみたい。けど、俺秘書だったの？

「高校卒業したらウチに就職しなさいな。出すわよ、たんまり」

「た、たんまり……？」

具体的にどれくらいなんだろう。

でも、訊くのはやめておこう。

踏み込んだ質問をすると、あとに引けなくなりそうだから。

しかも、親指と人差し指で輪を作ってお金を表す松田さんの顔が、悪い顔をしている。

これは、踏み込まないに限る。

「きゅんは仕事としてプロの仕事や現場のいろはを学べるし、経験も積めるし、興味ギュンギュンでしょ？　事務所に出入りしていることを知れば、アイカちゃんも寂《さび》しくないでしょうし――」

「あ、もしかして、最後のが一番の目的だったりして」

俺をヒメジの精神安定剤にしようとしてないか？

「いいじゃない。学祭のあと落ち込むアイカちゃんを励ますの、すんーごく大変だったんだからっ」

ヒメジが落ち込む？

……ヒメジが？

あんまり想像つかないな。

逆ギレしてるほうがまだ思い浮かぶ。

「それはさておき。きゅんに出来そうなことがあればアタシが指示をするから、ここで作業をする内容が増えるだけだと思ってくれたらいいわ」

「わかりました」

「働きに見合った報酬は支払うから安心してちょうだい」

そこは全然心配していない。

前ヒメジのＰＶ作ったときもまとまった報酬をもらったし。

いい意味でズルい松田さんは、優先順位の一番にヒメジがいて、モチベーションを管理しやすくするための道具として俺を買っている節がある。

それと、映像制作者としてもちょっとだけ能力を見込んでいる気配もある。

「俺が付近にいるのは、ヒメジのプライドが許さないような気がするんですけど」

俺は、同じ幼馴染でヒメジじゃないほうを選んだ男だ。

「そう思う？　昨日の変わりようを見ても」

「それもそうですね……」

と、俺は白旗を上げた。

俺はヒメジのことを応援しているし、成功してほしいとも思っている。

松田さんの策略に乗っかっておいたほうが、ヒメジの仕事は一番上手くいく気がする。

俺にとってもやってみたい仕事内容だし、提案を受け入れることにした。


バイトが終わり携帯を確認すると、伏見から着信とメッセージが一件ずつ入っていた。

メッセージのほうは『まずは電話で話を聞いてみるね』とあった。

何がとは書いていないけど、事務所の件だろう。

伏見の夢ややりたいことを考えれば、気にならないはずがないんだ。

ちょっとしたトラウマがあるから、電話で話を聞くっていうのは賢明な判断だったかもしれない。また変な事務所だったら……。

「あ。そうだ！」

帰り支度を進める俺が急に声を上げるもんだから、松田さんが怪訝《けげん》な顔をしていた。

「どうかした？」

「CSOって事務所、松田さん知ってますか？」

「もちろん。それがどうかした?」

俺は昨日あったことを松田さんに話した。

「伏見ちゃんスカウトされたの~。やっぱりそうよねぇ、イイモノ持ってるって思ったもの」

ウチに入らないかって松田さんは伏見を誘ったことがあった。

結果的に、余所《よそ》の事務所の人に声をかけられたことで、松田さんが慧眼《けいがん》であることを証明していた。

「それで、まず話だけ聞いてみるってことにしたらしいです」

「そう。ウチに来てくれたらよかったのだけれど、残念ね」

あまり残念でもなさそうに肩をすくめる松田さん。

「CSOは、ウチより小さい事務所で、やっていることはローカル路線ね。地元重視。広告のモデルとかローカルタレントが所属していたりするし、もしかすると、伏見ちゃんが望んだ方向とは違うかもね」

そういう事務所だったのか。

携帯で検索すると、まったく知らないタレントやモデルが複数いる事務所のようだった。

ビルを出ていくと、俺は伏見に返信した。

『松田さんに訊いたけど、変な事務所ではないみたい』

俺ができるのはここまで。

あとは伏見が何を感じてどう判断するかだ。

返事は思いのほか早かった。

『今度は、会って話すことにしたよ。次は社長の高城《たかしろ》さんも合わせて』

どういう話をしたのかわからないけど、伏見的には、話を進めてもいいと思ったんだろう。

『松田さんに訊いてくれてありがとう！　変な会社じゃなくてよかった！』

ヒメジからすれば、小物なのかもしれないけど、伏見はまた一歩を踏み出そうとしていた。

最寄り駅までの間、返信の文章を考える。

ローカル路線で伏見は納得したんだろうか。

それとも別の話をされたんだろうか。松田さんの口ぶりでは、芝居関連の仕事を請け負っているふうではなさそうだったけど。

『上手くいくといいな！』

とだけ、俺は返した。

見計らったかのように伏見から電話がかかってきたのは、電車を降りてすぐのことだった。

「もしもし」

『今大丈夫？』

「うん。森《もり》さん、だっけ。変な人じゃなかった？」

前例があるので、俺も多少警戒心を持たざるを得ない。

『普通のお兄さんって感じ。事務所のことやっている仕事とかの話を聞いて、地元の広告や地元ＣＭに起用されるタレントさんやモデルさんを抱えてて……』

このへんは松田さんに聞いた通りのことだった。

「で、伏見はいいの？　舞台や映画やドラマとかそういうのとはあんまり関係なさそうな感じだけど」

『そうなんだよねぇ』

図星を突いたらしく、むうーん、と悩ましげなため息をついた。

『お芝居の要素っていったら、再現ＶＴＲの役者さんとか、この近辺でドラマロケするときのエキストラとか、そういう感じっぽくて。ふふ……』

吐息混じりに笑う伏見。苦笑いしているのがわかる。

ヒメジが大々的に成功した（初日の評価だけだけど）のを知っている側からすると、仕事としては小さく感じてしまう。

伏見は、あの舞台のオーディションの最終まで残ったわけだしなおさらだ。

『でもオーディションの案内は来るみたいだから、所属しててもいいのかなって』

「それなら……」

いいんじゃないか、と言いかけて、言葉が詰まった。

付き合いはじめたばかりの恋人。

ヒメジが舞台稽古で学校に来ない日があった。伏見は、忙しくなったらどうなるんだろう。その思いが、最後の最後、背中を押すのを躊躇《ためら》わせた。

……いや、ヒメジを応援している以上に伏見も応援している。

付き合いはじめて、普通の高校生カップルみたいなことをするんだろうと勝手に俺は夢想していた。でも、物事にはタイミングがある。運やその引きは、あるときに使ったほうがいいに決まってる。

大切な彼女を、俺の都合で縛りたくはない。

「それなら、いいんじゃない」

『オーディション受けて落ちても、また慰めてね？』

「そんなことでいいなら、全然引き受けるよ」

ふふふ、と楽しげな笑い声が聞こえてくる。

ふと、俺の父親と伏見の母親、芦原聡美《あしはらさとみ》のことが思い浮かんだ。考えるよりも先に伏見の声が耳に入った。

『ねえ諒《りょう》くん……わたしに言うことない？』

「言うこと？　何それ」

詰問しているふうではなく、戯《たわむ》れに訊いてみた、という感じだった。

「いきなり訊かれてもな……」

言うこと？　後ろめたいことはしてないし、何か重大な嘘《うそ》をついたとか、そういったこともない。

『ううーん、あると思うんだけどなぁ～』

なんだよ、それ。

浮気《うわき》の証拠を掴《つか》んだから懺悔《ざんげ》するのを待っている、みたいな。

「マジで何？　さっぱりわからん」

『うーん、そっか。ならいいや』

「いいのかよ」

ってことは、大したことじゃなかったのか……？

通話しているうちに、家に到着した。キリがよかったので電話を切り、リビングに向かうと暖房をつけて足丸出しのショートパンツを穿《は》いた茉菜《まな》が、ソファで携帯をイジっていた。

「寒いならズボン穿けよ」

「これがカワイイんでしょ」

「誰《だれ》に見られるわけでもない部屋着なのに？」

「ファッションレベル低すぎて、ちょっとにーにに説明するの無理なんだけど」

無理って言われた。

茉菜はピンクのペディキュアをした足で俺を指した。

「にーにはファッションレベル８」

「伏見は？」

「最近レベルアップして、２」

「低っ。上がってそれかよ」

ぷすーっ、と茉菜が吹き出した。

「来週天気悪いんだってー？　雪降るんだよ、ユキー。鬼積もるんだって」

と茉菜がはしゃぐようにしゃべる。

「積もるなんて珍しいな」

「最強の大寒波襲来だってさ」

他愛ない世間話の中に、俺は懸案事項を自然と滑り込ませた。

「茉菜ならクリスマスプレゼント何がほしい？」

「えっ⁉　にーに、何かくれんの⁉」

茉菜の目の輝きが尋常じゃない。

「そうじゃなくて」

「違うんだ？　あたしをぬか喜びさせて、マジ謎《なぞ》なんだけど」

喜んでいたせいで、態度が一気に悪くなった。

『茉菜なら』ってちゃんと訊いたんだけどな。

「てかー、あたしに日頃の感謝とかしてもよくない？」

「ありがとう、茉菜。おまえの飯がなかったら俺は死んでると思う」

ガス電気水道茉菜。

全部大事なライフライン。

「もー、にーにツンデレ」

にしし、と笑ってくるりと寝返りを打って体勢を変えた。

「伏見にクリスマスプレゼントを買おうと思って。でも何をあげていいかわからないんだよ」

遠回しではなく、直球に尋ねた。

「クリプレって姫奈《ひな》ちゃんにあげるやつなんだ」

興味を失くした茉菜は、携帯のディスプレイを見ながらゆっくりバタ足をしている。

「何がいいと思う？　ファッションレベルＭＡＸの茉菜しか頼れねえんだよ」

ちら、と俺の顔を見て、口元をゆるめた。

「にーにに頼られるのは、悪い気しないかも。うーん、初プレかぁ。ベタに、シルバーアクセでいいんじゃない？」

それがベタなのかも俺は知らなかった。

「てか、ベタで大丈夫なのか？」

「それは、一周回るときに考えるやつでしょ。初プレなら王道で鉄板でよし。まず間違いなし」

「ファッション警察、頼りになりすぎる」

「あたしのも待ってるよん、にーに」

茉菜はちゅっちゅ、と投げキスをしてくる。

「へいへい」

今度こっそり買いに行くことにしよう。


週明け。

俺と伏見が揃《そろ》って登校すると、先に来ていたヒメジの周りには人だかりができていた。

「緊張ですか？　全然しませんでしたよ」

得意げに言って、集まった女子たちを驚かせている。

緊張しまくってたくせによく言うよ。

「藍《あい》ちゃん大人気だね」

「転校したときみたいだな」

やってきたのはたしか修学旅行の前あたりだった。もうそんなに経つのかと俺は感慨深く思っていた。

隣だからヒメジと女子たちの話し声が聞こえてくる。

「相手のイケメンの役者さん、好きになったりしないの？」

「稽古って厳しい？」

「超歌上手いよね」

などなど、感想だったり質問だったりとヒロイン扱いのヒメジだった。

その鼻がどんどん高くなっていくのが、声のトーンでわかる。

「ただの相手役というだけですから、好きになんてなりませんよ」

ドヤ顔でヒメジが語ると、そのたびに観衆の女子たちがいいリアクションで驚いている。

「まあ、稽古終わりに食事に誘われることはありましたよ。断りましたけど」

えー、とか。きゃー、とか、すごーい、と黄色い声が飛び交っている。

自己顕示欲の塊であるヒメジは、ご満悦といった様子でんふふとニヤついていた。

芸能活動しているクラスメイトなんてそういないし、あそこまで大々的な活躍をしているのも珍しい。ヒメジの前歴を知らなくても、ミーハーでなくても、あれを見ると声をかけたくなる気持ちもわかる。

「昨日の話なんだけど」

伏見がおもむろに切り出した。

「事務所の？」

「そう。お母さんにもちょっと訊いてみたの」

芦原さんに？　伏見にとっては近いようで遠い存在である母親の女優だ。母親なんだから連絡先を知っていて当然なんだけど、相談していたのが意外だった。

「蛇の道は蛇にって言うもんな」

言ってから、あんまりいい例えじゃないなとすぐに思った。

同じことを思ったのか、伏見がくすくすと笑う。

「蛇って。間違いじゃないんだけどね。お母さんが、『やってみたいとちょっとでも思うんなら、チャレンジしてみたら？』って」

「おお。そりゃよかった」

俺が背中を押す以上のパワーをもらえたはずだ。

芦原さんに伏見のこの夢の話をしたときは、結構否定的だったけど、学祭で伏見の舞台を見て考えが変わったのかもしれない。

「というわけで、明日面談することになった」

「いい話が聞けるといいな」

「うん！」

花が咲いたような明るい笑顔をする伏見。

やっぱり背中を押して正解だったと思う。

「ヒメジちゃんのドヤ顔すごいね。あのまま石膏《せっこう》にして残しておきたいくらい」

独特の皮肉を言う鳥越《とりごえ》が、俺と伏見の間らへんにやってきた。

「しーちゃん、おはよ。あ、オススメしてくれた映画見たよ！」

「おはよ。映画どうだった？」

こっちはこっちで静かに盛り上がっている。

話が一段落したあたりで伏見が別の女子に話しかけられ席を立った。

たぶんトイレだろう。

「伏見へのプレゼントは、鳥越だったら何買う？」

伏見たちがクリスマスの話題で盛り上がっていたので、切り出しやすかった。

「私なら……」

鳥越は、少し考えて口を開いた。

「ブックカバー、とか？」

「うわ、めっちゃいい」

「え。そ、そう？」

案が褒められたからか、鳥越は嬉しそうだった。

「だって、趣味に関係するし実用的だし、もらった側が気を遣うような値段でもない」

「そうそう。電車とかで紙の本読むときは、表紙を他人に見られたりするのが嫌だから」

「BL読んでるからだろ」

「うん。そうだよ」

開き直って当たり前みたいな顔で肯定する鳥越だった。

「それはおいといて。ブックカバーの選択はさすがだな」

「けど、好きな人からもらって嬉しいわけじゃないと思うよ」

「そうなの？」

「私がもし彼氏からもらったら、たしかに嬉しいけど、もう一声って感じ。友達からもらって嬉しい物と彼氏からもらって嬉しい物はイコールじゃないっていうか」

朝っぱらから深い意見言うなよ。

真理突いてそうだな。

「そうやって、色々リサーチして頭を悩ませてくれるのも、プレゼントの一種っていうか。私なら、それだけでも嬉しいって思っちゃうかな」

じっと俺は鳥越を見つめる。

「いや、だから、適当に選んだじゃなくて、私のことを想《おも》ってくれたんだなっていうか……」

俺の目線に堪《た》えかねたのか、言葉を重ねる鳥越の語尾が徐々に小さくなっていった。

オネエの松田さんが言うとしっくりくるけど、鳥越から似たような発言が出るとは思わなかった。

「な、何。言いたいことがあるなら言いなよ」

「鳥越にも乙女なところがあるんだな」

「……私も一応女なんだけど」

鳥越は照れたように目をそらすとぼそっと言って席へと戻っていった。

昼休憩を迎えると、俺と伏見は、鳥越と物理室へ向かった。

「私邪魔じゃないの？」

と訝《いぶか》る鳥越だったけど、俺と伏見が顔を見合わせて首を振った。

「クリスマスパーティの予定を立てたいから、打ち合わせってことで」

伏見なりの半分方便で半分本当のことなんだろう。鳥越に気を遣わせないための配慮が窺《うかが》えた。

そのパーティの日時はいつで、具体的に何をするか話していると、がらりと扉が開いた。

「はぁ～～～。とっっっても大変でした」

入ってきたのはヒメジだった。

「舞台のことで質問攻めされて、もううんざりです」

顔がイキイキしているぞ。

もっと訊いてくれ、もっと褒めてくれって顔が言ってるぞ。

俺たちの近くにヒメジがやれやれ、と座った。

「今ね、クリスマスパーティの話をしてて」

「私、公演があるので、それがない日でお願いします」

ドドドン、と音が出そうなドヤ顔で、わかりやすく伏見にマウントを取りにいった。

「大丈夫。ちゃんとみんなと予定合わせるつもりだったから」

「そうですか」

いつもみたいに張り合わない伏見に毒気を抜かれたヒメジだった。

「パーティの前にテストあるから、まずはそっちかな」

浮かれ気分だった俺とヒメジは鳥越に冷や水をぶっかけられた。

鳥越は平均に近い点が取れて、下回る可能性があるのは、圧倒的に俺とヒメジ。

とくにヒメジは、舞台稽古で学校に遅刻したり早退したりしていたから、俺よりもたぶんやばい。

「ヒメジちゃん、みーちゃんにヘルプする？」

「苦手な人種ですが、背に腹は代えられません。仕方ないでしょう」

篠原《しのはら》……あんなにヒメジを推しているのに、苦手な人種とか言われている。

「諒くんは、わたしとみっちりやらないとね」

ふふふって笑顔で言っているけど、目がマジだった。

「学級委員でいるうちは、赤点なんて取らせないから」

本気そのものの発言は、前に家庭教師をしていたときのことを思い出させた。

有言実行する行動力は伏見のいいところなんだけど、たまに力の入れ具合を間違えるときがある。それが、俺に勉強を教えるときだ。

またあの日々がはじまるのか……。彼女と二人きりでムフフって普通なりそうなものなのに、おかしいな。涙が……。

「テスト終わったお疲れ会みたいな感じで、クリパすればいいんじゃないかな」

「静香《しずか》さんの意見に賛成です。二五日は冬休みに入っていますし」

今回も、赤点を取った生徒は冬休み補習授業がある。

……ヒメジ、赤点必至だから、二五日にパーティをさせないように持っていってるな？

「ヒメジ、おまえは本当にプライド高いな」

二五日にパーティをやる予定にしていると、補習授業に出るから行けなくなる。そうなると、パーティに行けなくなるばかりか、みんなに赤点を取ったことがバレる。

「なんのことを言ってるのか、さっぱりです」

ぷい、とそっぽを向いた。

鳥越もその思惑を察しているようで、目が合うと苦笑いをした。

そうしてテスト期間に入ると、クリスマスパーティの話し合いを進めていくのと並行して、放課後に伏見から勉強を教わっていた。

「わたしも、わたしの勉強をするから、問題解けたら教えてね？」

俺は当初、なんだかんだで勉強が捗らないんじゃないかと伏見を過小評価していた。恋人同士、隣に座ったらイチャついてしまうのでは、と。

でも、全然そんなんじゃなかった。クソ真面目な伏見をなめていた。

「事務所のあれ、どうなったの？」

問題を解きながら、気になっていたことを尋ねた。

会うことにしたと言ってからもう数日が経っている。

「あとでね」

勉強中の伏見のガードが堅すぎる。マジで勉強以外の話題はまったくと言っていいくらい受け付けねえ。

テストまであと一週間ほど。

俺からするとまだまだ余裕があると思っていたけど、伏見は違ったらしい。

時計と俺が解いた問題を見比べて渋い表情をしている。

「ううん……。このペースだとキツいかも」

「まだ時間たっぷりあるだろ」

「諒くん、今はテスト範囲の一〇％くらいしか進んでないんだよ？」

俺からすれば、進んでいるだけ上等だった。

赤点を回避するなら三〇点以上が必要だから、あと二〇％ちょっとでいいんだな。よしよし。

「八〇点くらいは取れるようにしないとね」

スッと俺の目から光が消えた。

もう、絶望しかない。

勉強弱者の戦い方でいけば、俺のやり方で十分な戦果が得られるのに。

伏見がそれを良しとしてくれない。

ため息しか出ない。

「事務所のことだけど、お願いすることにしたよ」

帰りの電車の中で、ようやく俺が訊いた質問に答えてくれた。

「そっか。方向性とか、そういうアレは大丈夫だった？」

「それを言われると弱いんだけど、最初から藍ちゃんみたいな大仕事はできなくて、それが普通みたい。当たり前だよね。お芝居の仕事も探してくれるみたいだし、提案してくれる仕事で、わたしにできることがあればやっていきたいなって思っているところ」

ヒメジの場合、アイドルとして活動していた期間があってのあの舞台だ。

オーディションで惜しいところまでいったとはいえ、なんの活動経験もない伏見が大抜擢《だいばってき》されるほうが珍しいんだろう。

逆に言えば、無所属だった活動歴ゼロの女の子が、最終審査まで残ったってほうがすごい。

やっぱり、伏見はそれだけのポテンシャルと容姿をしているんだ。

「わたしが前向きに考えていたから、あらかじめ森さんができそうな仕事を持ってきてくれてて」

「おぉ、すげー」

スカウトとして声をかけてくれた森さんがマネージャーになるらしい。さっそく仕事を振ってくれるって、かなり有能なんじゃないか。

森さんは、伏見専属というわけではなく、複数いる担当の一人という扱いだとか。

「フリーペーパーに載せるための美容室のカットモデルをやることになったよ」

「ああ、イメージ湧《わ》く」

ヒメジにこのことを言えば、堂々と小馬鹿《こばか》にしてきそうだ。

「さっそく日曜日に撮影があるの」

「初仕事だ」

「うん。緊張するー」

カットモデルだから髪の毛を切るのかと思ったら、ウィッグをいい感じにするだけらしく、地毛は切らないらしい。

仕事があるんなら、日曜日は勉強しなくて済むな。

内心ほっとしていると、伏見が釘《くぎ》を刺しにきた。

「日曜日はわたしがいないから、土曜日はみっちりやろうね」

「皺寄《しわよ》せがあるのかよ」

「わたしはお仕事があるから仕方ないけど、日曜日は諒くんだけでも勉強しなきゃダメだよ」

「勘弁してくれよ。俺はいつ休むんだよ」

「テストが終わったらだけど」

伏見がスパルタすぎる。何言ってるの？　みたいな顔はやめてくれ。

……そして、土曜日になると朝から伏見が我が家へやってきた。

「諒くん、おはよー」

部屋へやってきて、ベッドにいる俺を起こそうとゆさゆさ揺すったり、布団《ふとん》を剝《は》がしたり、
あの手この手で俺の目を覚まさせようとしてくる。

「おい……。何時だと思ってんだ」

携帯で確認すると、まだ朝の八時だった。

「学校行くのとほぼ一緒じゃねえか……」

「三〇分も遅いよ？」

誤差だよ。

勉強するとは聞いていたけど、学校の授業みたいなノリでテスト勉強するつもりだったらしい。

……え。てことは、五、六時間は平気で勉強するってこと？

「信じられねえ……」

俺が布団を被《かぶ》ろうとすると、伏見が先に奪って阻止してきた。

「茉菜ちゃんがご飯作ってくれてるから、食べてきて。そしたら勉強しよう」

「この数日、勉強勉強って言われて勉強がゲシュタルト崩壊起こしてるわ」

べんきょーってなんだっけ状態。

急かす伏見に背中を押されて、俺は部屋を出ていった。

今になってようやく幼馴染に朝起こされるというイベントが発生したけど、全然嬉しくない。

ダイニングに顔を出すと、茉菜が朝食の準備を整えていた。

「姫奈ちゃん、早いね、来るの」

「俺に勉強させたいらしい」

「あー……」

茉菜もちょっと眠そうなところを見ると、たぶん伏見がやってきてから起きたようだ。

「今日はまた寒くなるっていうのに、アツアツだねぇ」

準備を終えた茉菜が、ずずず、と味噌汁《みそしる》をすすった。

「あたしも出かけるからよかったんだけどさ」

「今日雪だって」

つけたテレビが天気の話をしている。予報のマークは雪だるま。

「激アツじゃん」

どこがだよ。寒いだけだろ。

「にーには勉強。あたしは友達とカラオケでちょっと早いクリパ」

「カラオケ？　朝から？」

「昼前のフリータイムから行くの。それまではカフェ」

「あ、そう」

今どきの中学生は金あるんだなぁ。

テストが終わったらプレゼントを買いに行かないとな。

まだ半分くらい寝ている頭で、ぼんやりとテレビを見ながら朝食を食べる。さっさと済ませた茉菜が食器を流しにもっていき、ダイニングから出ていった。

「もう降ってるし！」

と茉菜の声がする。

「にーに、来て！」

茉菜が手招きして俺を呼ぶけど、窓の外はここからでも見える。雪がはらはらと降っていた。

「見えてるって。雪だろ」

俺も続いてダイニングをあとにし、部屋へと戻った。

暖房をつけて、折り畳み式のテーブルを床に広げて、問題集やら教科書やらを開く。

「昨日の続きからやろっか」

「うぃー」

ちゃんと勉強する以前に、逃げない俺を褒めてほしいところだ。

有言実行する伏見は、一時間経ったら少し休憩して、また一時間勉強したら休憩するということを俺に繰り返させた。

「受験生かよ……」

休憩時間に入ると、ぐったりした俺はベッドに横たわった。

「受験生の練習だと思ったらいいよ」

伏見はいい笑顔をした。前向きすぎる。

携帯には、茉菜からメッセージが入っていた。

要約すると、昼飯はあるものを温めて食べろ、と。それと、行ってきます、とあった。

声をかけてくれたらいいのに。

勉強しているから邪魔しないように、と配慮したのかもしれない。

この前みたいに、イチャつくかも、と一ミリくらい考えていたけど、それはなさそうだった。

簡単に昼食を食べ、また勉強。休んでまた勉強。

「俺は一体何してるんだ……？」

勉強のしすぎでどうにかなりそうだった。

「勉強だよ、諒くん」

「そっか……こういう拷問かと思った」

「はは。そんなわけないじゃん」

伏見は俺が冗談を言ったと笑っているけど、俺からしたら半分ガチだった。

昼をすぎ、夕方になろうかという時間になると、外はもう真っ暗で、曇ったガラスの向こうにある暗雲から雪が落ちてきている。

がらり、と窓を開けてみると、朝から降り続いた雪が積もっていた。

「積もったのなんて、久しぶりだな」

「わ。ほんとだー⁉」

俺の脇《わき》から顔を出す伏見から白い息が出た。子供みたいにその場でぴょんぴょんと跳ねていた。

『今日オールする』

と茉菜からメッセージがあった。

「……晩飯、出前してもらうか」

夕飯の少し前にメッセージを送ってくるのは、今日は準備何もしないから自分でどうにかせよ、という意味も含まれている。

「茉菜ちゃんは、帰ってこないの？」

「うん。あのギャルはパーティ中。オールする予定らしい」

「ワルだ」

オールするだけでワルって言うのもどうかと思うけど、伏見基準ではそうなるらしい。

「わたしたちも、パーティしよ？」

「ピザ食うか」

「いいね」

一日中俺の部屋で伏見と過ごしていると、世界にはこの空間しか存在しないんじゃないかと錯覚してしまう。

ネットを見ながらどのピザにするか二人で相談をしていると、思い出したように伏見が言った。

「諒くん、おばさんは？」

「さっき母さんからも連絡があった。雪で動けないから、職場に泊まるって」

「……そうなんだ」

……もう勉強って言わないあたり、どうやら今日はもうおしまいらしい。

安心してピザを選び、注文をした。

「自分で出前を注文するって大人だね、諒くん」

「そうか？」

滅多にやらないけど、こういうときくらいはいいだろう。

注文したピザが届くと、部屋で二人で分け合った。こんな大雪の中ピザを運ばせて申し訳ないと思ってしまう。

「あ、そうだ。わたし、お金払わないと」

「いいよ。勉強教えてもらっているし、そのバイト代だと思ってくれたら」

俺の懐《ふところ》にはまだ余裕があるし、こうでも言わないと、伏見は出そうとするから。

「ええー。でも」

この話を続けると意地でも自分の分を出そうとするので、俺はすぐに話題を変えた。

「明日は初仕事だっけ」

「うん。学校行くのと同じ時間に出ないとなの」

結構早いな。

伏見は、自分の事務所や仕事のことを話したし、俺のバイトのことも訊きたがった。そういった雑談をしているとピザはあっという間に食べ終わり、いつの間にか夜のいい時間になっていた。

外は一面雪で覆《おお》われているけど、幸い伏見家は徒歩五分ほどの距離にある。

「送るよ」

「うん」

伏見のコートを手渡し、俺は持っている上着で一番あったかそうなダウンジャケットを着込んだ。

長靴を出すのが面倒だったので、スニーカーを履《は》いて伏見と手を繋《つな》いで家を一歩出た。

吹き込んだ冷たい風に首をすくめながら、久しぶりに目《ま》の当《あ》たりにした雪景色に思わず声が出た。

「真っ白だな」

「すごーい！　雪だ！」

「いや、それは中から見てわかってただろ」

俺は苦笑しながらはしゃぐ伏見を窘める。けど、誰もいなかったら同じ反応をしていたかもしれない。

地面を踏みつけると、ぎゅっと小気味いい音が鳴る。

「手を繋いでると案外寒くないね」

「そうだな」

さっきまで温かい場所にいたからだ。ただ、一〇分後に同じことが言えるかどうかは怪しい。

「わたしの呼び方、決まった？」

頭の隅でずっと考えていたことのひとつだった。

色々とシミュレーションをして、シンプルなものに落ち着いた。

「伏見とひなぴ以外だよ？」

「わかってるって。……姫奈で、いい？」

「よし」

許可を出された犬の気分だった。

近所の公園に寄り道をすると、しゃがんだ伏見が足下の雪で何かをしている。

……あの動きは……。

「くらえ！」

思った通り雪玉を作っていた伏見がそれを投げてきた。

「あぶね⁉」

「あははは」

どうにかかわし、お返しの雪玉を作っていると伏見のほうが一手早かった。

「えい！」

「ぶへ⁉」

さっきより大きな雪玉が頭に当たった。

「冷てぇ――――！」

「あはは」

うずくまっている俺に当てるのは相当簡単だったらしい。お腹《なか》を押さえながら伏見がけらけらと笑っている。

「おい。今日勉強したものが出ていったらどうすんだ」

「簡単だよ、諒くん。勉強し直せばいいんだよ」

「その愚直な正攻法、いつになったらやめてくれるんだよ」

思考回路が脳筋みたいだな。やってるのは勉強だけど。

おりゃ、と俺は雪玉を伏見に投げる。

べし、と当たる直前に叩き落された。

「強キャラムーブすんな」

「呼んでよ、諒くん」

ぽい、とキャッチボールするように雪玉を投げてくるので、捕球して投げ返した。

「姫奈」

「はい。もう一回呼んで？」

ほわぁと白い息が流れて消えていく。

俺たちの話し声は、しんとした住宅街によく響いていた。

「姫奈」

「ふふふ。はい」

ざくざくと近づいてきた姫奈が俺に抱き着いた。

「諒くん……ここまで来ておいてなんだけど、帰りたくない」

姫奈の髪の毛に乗った雪を払い、返事をキスでする。

姫奈から吐息のような笑いがこぼれ、俺たちは雪を触って冷たくなった手を繋ぎ直した。

はしゃぎながら歩いた道を、今度は無言で戻っていき、誰もいない家に帰ってきた。

手を繋いだまま部屋へ上がると、まだ残っていたエアコンの暖気にほっとした。

姫奈がゆっくりと扉を後ろ手に閉めた。電気のスイッチを押そうとする俺の手を繋ぐことで押し止めた。

部屋は真っ暗のはずが、雪が街灯を反射して月明りとはまた違った明るさがあった。何か言いたげな姫奈の腰を抱き寄せて密着すると、姫奈の上着を片手で脱がしていく。

ちゅぷ、と唇が音を立て、とす、とコートが足下に落ちる。俺もやたらと衣擦《きぬず》れがした白分の上着を脱ぐ。触れ合う頬《ほお》が、体温以上の熱を持っているように感じた。

さっきまであんなに寒いところにいたのに。

潤んだ姫奈の瞳《ひとみ》が、薄暗がりの中はっきりと見えた。とろみのある表情がいっそう俺を掻《か》き立《た》てた。

理性があっという間に吹き飛んでしまう。

姫奈の開いていた口に舌が入る。

「ん……っ」

姫奈も応じた。

何が上手で何が下手かわからない俺たちのぎこちない大人のキスだった。

頭がぼうっとしてくる。

唇と舌の触感だけが感覚のすべてと言っていいくらい、他の感覚が麻痺《まひ》してしまっている。

抱き寄せている手をくびれから這《は》わせて、胸元《むなもと》に移動させる。びくっと一瞬硬くなった姫奈だったけど、すぐに覚悟を決めたような無抵抗に変わった。そっと服を脱がしていくと、今さら胸を隠した。

「……あんまり見ないで」

「暗いからそんなに見えないよ」

「見えてるじゃん」

「うん」

「どうせちっちゃいから……」

「可愛《かわい》いよ」

「もう、バカっ」

ゆっくりと触ると、びくりと姫奈の体が硬直した。

荒くなった吐息が耳にかかる。

立っていられなくなったのか、姫奈がベッドに座ると俺の手を引っ張った。

ゆっくりと姫奈に覆いかぶさると、暗がりでもわかるほど顔を赤くしていた。

前にもこんなことがあったような気がする。

もしかすると、そのときから姫奈は覚悟が決まっていたのかもしれない。

俺の首を抱え込むようにして腕を回した姫奈と、もう一度唇を触れ合わせた。


猫の鳴き声のような声で目が覚めた。

「ややや、っ、ヤバい！」

さっきの猫みたいな声は姫奈の声だったらしく、俺が目を開けると白い綺麗《きれい》な背中が目に入った。

「ヤバいって、何が……？」

頭が全然回らない俺は、下着を探してあたふたしている姫奈を眺める。

「あーっ⁉　今明るいから見ないでっ！」

「昨日見――」

ひゅん、とティッシュ箱が飛んできた。

毛布を体に巻きつけて、ようやく見つけた下着を俺から見えないように穿く姫奈。昨日几帳面《きちょうめん》に畳んでいたのを忘れたかのように、服を乱雑に広げて袖《そで》を通していった。

「何をそんなに急いで……」

「仕事！　遅刻しそうなのっ！」

初仕事。

今日がその日だと俺も思い出した。

「ち、遅刻⁉　ヤベーな！」

「だからさっきから言ってるじゃんっ！　あーどうしよう。お父さんいないし、駅まで走らないと——」

慌ただしく服を着こんだ姫奈は、鞄《かばん》を摑《つか》んで部屋から出ていこうとして、何かに気づいて戻ってきた。

「ああ、忘れ物！　諒くん、行ってきます」

ちゅ、と俺にキスをした。

「——んなことしてる場合か！」

俺も我に返った。

玄関で靴を履こうとしている姫奈に「ちょっと待って！」と声をかけて、大急ぎで階段を下

りて自転車の鍵《かぎ》を掴んだ。

「自転車で駅まで送る」

「でも、雪だよ?」

「固まってるところを走れば大丈夫」

めちゃくちゃなスピードは出せないけど、雪道をダッシュするよりマシだろう。

自転車を玄関先まで回し、サドルに跨《また》がった。

「姫奈、早く!」

「諒くん、二人乗りは――」

「緊急時はいいんだよ!」

そんな理屈は存在しないけど、姫奈も一瞬迷いを見せたが、後ろに乗った。

幸い、雪は大半が解けていて轍《わだち》には元の道路が露出している。

車も今はいない。ここを走れば滑ることもないだろう。

思いきりペダルに体重をかけて、踏み抜いた。

徐々にスピードに乗っていくと、姫奈が腰にしがみつく。

「お巡りさん、ごめんなさい、ごめんなさい、今だけだからごめんなさい――」

どこかにいるお巡りさんに謝る姫奈には構わず、俺はまた速度を上げた。

「初仕事なのに、男の家から出勤」

客観的な事実だけでいくと、とんでもない遊び人みたいだった。

「茉菜よりワルだ」

「うぅ……だ、だって……わたしだって……諒くんと『仲良し』したかったの」

顔が見られないのが残念で仕方ない。

仲良しっていう遠回しな言い方が、何を指しているのかわかった。

「したかったんだ」

「何回も言わせないで！」

後ろからベシベシと姫奈が叩《たた》いてくる。

「わかった。わかった。からかって悪かった」

しゃべったせいか、いつの間にか息が上がってきた。今気づいたけど、俺寝間着のまんまだ。

駅のロータリーまで自転車を走らせ、姫奈が飛び降りる。

「諒くん、ありがとう！　間に合いそう！」

「頑張れよ」

「うん！」

手をひらひらと振って、姫奈は駅舎の中に消えていった。

乗る予定らしき電車がホームにやってきた。あれならどうにか乗れそうだ。

ぶはぁ、と安堵《あんど》のため息をついて帰ろうとすると、見慣れたギャルが駅舎の中から現れた。

「あー！　にーにじゃん！　あたしのこと迎えに来たのー？」

オール明けなのに疲れ知らずの妹は、おーい、と俺にぶんぶんと手を振っている。

伏見とはすれ違わなかったらしい。

迎えに来たってことにしとこう。

「まあな」

「ウケる。寝癖ついてるしパジャマだし！　にーに、あたしのこと愛しすぎでは？」

オール明けだからテンションが夜のままだった。

「あたしが乗ってる電車よくわかったね。待ってたの？」

「いや、まあ、そういうアレじゃ……うん」

実際は違うけど、曖昧に濁すところが茉菜には照れ隠しに映ったようだ。

「寝起きのままで寒い中あたしを待ってるとか、可愛いがすぎるよ、にーに」

わしわしわし、と俺は茉菜に好き放題撫でられた。

忠犬みたいな扱いやめろ。

なんの抵抗もなく「よいしょ」と茉菜が荷台に座る。

普通抵抗感ないよな。

姫奈は謝ってたけど。

「帰るぞ」

「ほーい。ゴーゴー、にーに、ゴーゴー！」

俺が迎えに来て、しかも寒い中待っていたというのがよっぽど嬉しかったのか、茉菜のテンションはまたさらに上がった。

④ クリスマスパーティ

昼休憩。

いつかのように俺《おれ》と鳥越《とりごえ》は二人きりで物理室で過ごしていた。入ったときにはまだ寒かった室内は、暖房が徐々に効きはじめ、居心地がよくなっていた。

「結局、クリパは海に行ったメンバーなんだね」

箸をくわえながら、鳥越が言う。

室内が寒かった名残で、鳥越はまだブランケットを背中にかけてマフラーをしていた。

「大人数すぎてもあれだし、仲がいいメンバーでってなると、俺と伏見《ふしみ》に鳥越とヒメジと篠原《しのはら》。あとは出口《でぐち》と茉菜《まな》。このへんだろうってことになったんだ」

「うん。妥当。楽しくなりそう」

『海』と題されたグループチャットが、久しぶりに稼働している。

チャット内で会議をした結果、持ち込みアリのカラオケでパーティが開かれることになり、出口がその予約をしてくれていた。

「期末テストで赤点を取らず、補習を回避することが先だけどな」

苦笑しながら俺が言うと、鳥越もげんなりとしていた。

「せっかく忘れてたのに。全体的に今回難しいらしいよ」

「俺は勉強してるからな」

「勉強してるってだけでマウント取らないでよ」

くすっと鳥越が笑った。

「俺は今、かつてないほど勉強してるからな」

「何回言うの」

姫奈《ひな》がスパルタ式で勉強を見てくれているから、自分で自分が仕上がっていくのがわかるのだ。

「ひーなは、高森《たかもり》くんと過ごさなくていいんだ?」

やってきたのが俺一人だったことが、鳥越は不思議で仕方なかったらしい。

「友達付き合いも大事にしたいとかで、今日は他の人と一緒らしい」

「優等生だね」

皮肉のようでもあるし、褒《ほ》めているようでもあった。

「そういう性分なんだろう」

「彼氏ができても友達を大事にするひーなは、女子内の評価爆上がり」

「みんな知ってるの?」

「何を今さら。ヒメジちゃんの舞台観たあと、二人で抜けたのを私たち以外も知ってるし、どう考えても付き合ってるって思うほうが自然でしょ」

言いたいことを言い終えたかのように、鳥越はもぐもぐと小さな口を動かした。

俺が姫奈とのことを出口に言った時点で、ある程度拡散されるのは仕方ないと思っていたけど、広がりの早さは異常だった。

それだけ、姫奈のことを男子も女子も気にしているということなんだろう。

「相手が俺ってわかって、みんなの反応は……？」

前にクラスのグループチャットに入っていると鳥越は言っていた。そういうのは敬遠しそうなタイプではあるけど、情報収集はしっかりやっているようだった。

「着地するべき場所に着地したって感じの反応かな」

ほっと俺は胸を撫《な》でおろした。

「よかった。釣り合わないだろって言われるもんだとばかり」

「そんなことないよ」

否定が早かった。

「え、そう？」

釣り合わないだろ、どう考えても。

男女ともに話題の中心になりがちな学校で有名な美少女。

演劇でも代役を好演して、またファンが増えたんじゃないかって俺は思っているのに。

「名実ともにクラスのリーダーで、自分で撮った映画が経緯はどうであれ受賞して表彰されてるじゃん。変じゃないと思うよ」

鳥越……！　そんなふうに俺のことを捉《とら》えてくれてたのか。

俺はどこかで、姫奈を選んだことを鳥越は恨んでるんじゃないかってちょっと思っていた。

大切な友達を一人失ったんだとばかり思っていた。

「それなら、まあ、よかったよ」

「けど、好意的な反応以外もあって。高森くんは結局顔で選んだんだねって」

「……」

窓から顔を出す鳥越とあの日の薄暗くなった景色を思い出した。

――結局顔じゃん。

「ああ、今のは私の意見じゃなくて、みーちゃんね」

「篠原かよ」

ってか、篠原も同じ意見なのかよ。

「そういうんじゃないって言っても、もうダメなんだよな」

「どうだろ」

とぼける鳥越が水筒の中身をコップに移すと、もくもくと湯気が立った。直で飲めるタイプの水筒だけど、コップに入れる理由がわかった。

飲もうとした鳥越は、「あち」と舌を出してコップを戻した。

「いいよ。もうそれで。俺が顔で選んだって言って納得してくれるんなら」

「私は、意地悪言う権利くらいあると思ってるから」

「もう好きにしてくれ」

「ははは」

鳥越がからからと笑った。

こんなふうにもう話せないと思っていたから、多少の意地悪くらい全然我慢できた。

それからは、近況の話。

姫奈が初仕事に行ったことや、クリスマスの向こうにある年末年始の予定の話。鳥越が書いている小説の話。話すことが意外と多いことに驚いた。

がらりと扉が開くと、姫奈が一人で入ってきた。

「あったかーい」

「いらっしゃい、ひーな」

「けど、暖房は授業以外でつけちゃダメなんだよ？」

さっそく学級委員気質を発揮して、俺と鳥越を窘《たしな》めた。

「ついてたんだよ。たぶん、四限終わったあと先生が消し忘れたんじゃないの？」

適当な嘘《うそ》を鳥越がつくと、姫奈は「それなら、まあ」と納得してくれた。

丸め込むの上手《うま》いな。

「しーちゃんと諒《りょう》くん、相変わらず仲いいね」

ニコニコとしている伏見だけど、口調に硬いものが混じっている。ズズズ、と背後に黒いオーラが滲《にじ》みはじめているのが、俺には見えた。

「そ、そうか？　そんなこと、ないけどな……？」

俺はボカそうとするけど、鳥越は例の意地悪を発動させた。

「前からこうじゃん。とくに変わらずって感じだけど。……元々割って入ってきたのはひーなのほうだし」

「え。何？」

「なんでもない」

してやったりといった顔で鳥越が顔を背《そむ》けた。

「姫奈をあんまりイジるなよ。耐性ないんだから」

「名字呼びじゃなくなってる」

驚いたように鳥越が瞬《まばた》きをする。

「この前からね、ちょっと色々あって」

今度は姫奈が得意げに言う。

「じゃあ、高森くんも私のこと静香《しずか》って呼んでいいよ」

「呼ばねぇよ」

「残念」

冗談だったらしく、鳥越は肩をすくめた。

「色々あったって何かあったの？」

「え？」

ギクりと姫奈が硬直した。

「高森くん、結構頑《かたく》なだったでしょ。愛称で呼ぶことはあっても下の名前を呼び捨てしないから」

よく知ってるな、鳥越。俺が呼び捨てにするのは名字だけ。下の名前で呼ぶのはよっぽどだ。

「なんにもないよ、なんにも」

ぷいぷい、と姫奈が首を振った。

いかにも何かありましたって誤魔化《ごまか》し方やめろよ。こういうときになんで演技できないんだよ。

ここでそんなツッコミを声に出せば、勘のいい鳥越はすべてを察してしまいそうなので自重した。

「怪しいなー」

「仲良しなんて、まだしてないからっ」

「姫奈、その言い方だと――」

バレるんじゃないか。

謎《なぞ》の言い回し『仲良し』。女子ってその隠語を使うのか？

無言になった鳥越が、頬《ほお》を赤くして、俺と姫奈を交互に見る。

「え。えぇ……？」

また俺たちに目をやって、ついに押し黙ってしまった。

おい、勘づかれたぞ！

あの反応、絶対に俺と姫奈のアレコレを想像しただろ。

「そろそろ授業はじまるから教室戻らないと」

時計を見た姫奈が促し、俺と鳥越は席を立った。

おほん、と鳥越が改まったように咳払《せきばら》いをした。

「た、高森くん。……ちゃんとつけなよ？」

言うのも恥ずかしかったのか、鳥越と目が合うとじんわりと顔を赤くしていった。

完全にバレてる。姫奈が余計なこと言うから。

セックスとか簡単に口に出せる鳥越でも、実際経験済みの人間を前にするとその発言は恥ずかしかったらしい。

「お、おう」

もちろんちゃんとしている。

「しーちゃん、諒くん、早く」

物理室で授業がある生徒がちらほらとやってきていた。

姫奈に催促された俺たちは、ようやく物理室を出ていった。

「……そういうスキンシップは、もっと時間が経《た》ってからだと思ってた」

手を出すのが早いんですね、と言われているような気がして、また反応に困った。

「ひーなは、学生としてもオンナとしても優等生だったってわけだ」

そのまとめ方は、姫奈の言動を上手く表しているようだった。

真面目《まじめ》な性格だけど、俺のことを思ってくれていた姫奈は、ときどき行きすぎる行動をとった。

久しぶりに俺の部屋に来たときとか、ゴールデンウィークにキスしたこととか、修学旅行のときこっそり部屋にやってきたこととか。

俺にトラウマがなければ、何をされても仕方ないことをしていた。

生徒としてもオンナとしても優等生というのは、的を射ている。真面目だから、その行動を反省したり後悔することもあった。

「姫奈から迫ってきたとかじゃなくて、その……」

「い、いいよ、もう、言わなくて」

ばし、と腕をはたかれる。

「鳥越が深掘りしようとするからだろ。興味あるのかと思って」

「気にならないわけじゃないけど、高森くんが勝手に言ってくるから」

「……」

姫奈が感情ゼロの顔で俺たちを見ていたので、すぐに黙った。

「こわっ」

鳥越がぼそっと口にした。

俺もわからないようにうなずいた。

◆鳥越静香◆

放課後になると、ヒメジちゃんと一緒にテスト勉強するのが最近の流れとなっている。

学校から最寄りの図書館へ移動するとき、ヒメジちゃんは注目されるようになっていた。ときどき舞台のテレビCMを見るし、元々アイドル活動していたと噂《うわさ》になっていたこともあって、注目度が爆上がり中だった。

下級生の女子が「頑張ってください」と手を振って応援してくれることがよくある。そんなときヒメジちゃんは、にこやかに対応している。そういう仕事をしていただけあって、猫を被るのはとても上手い。

そして、誰《だれ》もいなくなった頃に、ふふん、と満足げなドヤ顔をするのである。

「公演があと四回残っているんです」

「へえ」

自慢げに忙しいアピールをしてくるヒメジちゃん。もう毎回のことなのでずいぶん慣れた。

私に自慢しても、あんまり羨《うらや》ましいとは思わないから、やっぱり言うとすれば、ひーなだろう。

図書館の自動ドアをくぐり、他校の受験生も多く自習している学習スペースに私たちは移動した。

わざわざ図書館で勉強しているのは、みーちゃんが合流するからである。

『ヒメ様が、また勉強を？　私が教えないで誰が教えるの……！』

私とヒメジちゃんが勉強会をしていることを聞くと、みーちゃんは使命感に目を血走らせていた。こじらせたファンというか、振り切ったファンの姿は、ちょっと怖かった。

「クリパ楽しみだね」

「ええ。本当に。姫奈をカラオケの採点ゲームでギッタギタにしてやります」

不敵な笑みを覗《のぞ》かせるヒメジちゃん。

「そんなガチにならなくても。楽しく遊ぼうよ」

他の人の邪魔にならないように、私はひそひそ声で話した。

「やり返したいじゃないですか」

すぐにピンときた。

唇をぎゅっと結んで、それ以上ヒメジちゃんは何も言わない。その気持ちをわかってあげられるのは、たぶん私だけだろう。

準備の手を止めたヒメジちゃんをそっと抱きしめた。

「な、なんですか」

「傷の舐《な》め合い、しばらく二人でしようね」

「そんなレベルの低いことはしませんから……」

拒否するようなことを言うけど、全然離さないのはヒメジちゃんのほうだった。

私はどこかであなることを覚悟していた。

ずっとずっと。

ワンチャンあることを頭の片隅に置きながらも、終わりを迎える準備をしていた。

けど、ヒメジちゃんは違ったらしい。

自信家で気位が高いヒメジちゃんは、私の真逆で、ワンチャン選ばれないかもしれないと思いつつ、まあ私だろう、と確信していたようだった。

ヒメジちゃんの言葉を借りるなら、井の中の蛙《かわず》と大海を知るシャチくらい違うんだとか。

相当ショックだったにも関《かか》わらず、初公演は大成功。

私は、そのプロ根性に感心していた。学祭であんなことがあって落ち込んでいるはずなのにカッコいいとすら思った。

もしかすると、舞台の仕事がなければずっとウジウジしていたのかもしれない。

プライドの高いヒメジちゃんは、折れると脆《もろ》かった。

可愛《かわい》い人。

とんとん、と私は背中を叩《たた》いてあげる。

「あ。みーちゃん来た」

入口に親友の影を見つけると、ヒメジちゃんがシュバっと離れた。ああいう熱心なファンがいると、元の表情にすぐ戻る。

やってきたみーちゃんに手を振り、彼女を挟んで今日も勉強をはじめた。

◆高森諒◆

「あ、姫奈ちゃん遅れるんだ？」

クリスマスパーティ当日。

茉菜は、今日も姫奈のファッションチェックをするつもりだったらしく、我が家にやってくるのを待っていた。

「なんか、仕事関係でどうしても外せなくなったらしい」

玄関の姿見で髪型やら服装やらをチェックしている茉菜。

こっちはもう靴履《は》いて待ってるんだが。俺の待っているアピールなど関係なく、茉菜は鏡を見つめている。

「姫奈ちゃん、あっちゅーまに売れっ子じゃん」

「かもな」

「彼ピのにーにも鼻高い系でしょー」

「鼻が高いっていうか、そうなったらいいなとは思ってたから」

「オトナなこと言うじゃん」

おけー、と自分に言うと、茉菜は俺の肩を借りてブーツを履く。

「いっぱい会って、いっぱいチュッチュしておいたほうがいいよ、にーに」

「なんで?」

玄関を出ると、ヒメジが呼び鈴を押そうとしているところだった。

「ね、藍《あい》ちゃん」

「なんの話ですか?」

「姫奈が今日遅れるんだ。仕事の関係で」

「もう売れっ子気取りですか」

はん、とヒメジはさっそく鼻で笑う。

事務所に所属したことと初仕事がカットモデルだというのは、姫奈がついこの間教えていた。

ヒメジの反応もこんな感じだったので、いつものように小競り合いが発生したのは言うまでもないだろう。

「なんですか、今度は。またフリーペーパーのカットモデルですか？」

「そこまで訊《き》いてない」

俺が歩き出すと、女子二人が後ろに並んだ。

「やっぱ藍ちゃんはセンスあるね、私服」

「ふふふ。そうでしょう、そうでしょう」

ドヤり倒しているヒメジは、服のことをあれこれ話しはじめた。

聞いていても俺は何のなんなのかさっぱりわからないけど、茉菜にはわかるらしい。

「わかる、あのブランド可愛いよね。お金あるのうらやまー」

とか言っている。

「だそうですよ、諒」

「へいへい。またいつかな」

俺はけしかけてくるヒメジをいなした。

実は、姫奈のプレゼントを買うついでに、茉菜の分も買っている。気に入るかはわからないけど。

茉菜のプレゼントが買えたのは、金銭的に余裕があるからだ。

バイトで動画編集が業務に入り、時給とは別で一仕事あたりにいくらか松田《まつだ》さんが上乗せしてくれている。

本当に簡単な作業なのに、単価が高くてビビった。

松田さん曰《いわ》く、それでもだいぶ安いらしい。

そのおかげで、今懐《ふところ》をほぼ空にしても全然痛まないのである。来月、今月の倍以上のバイト代が口座にチャージされることを思うと、出費に関してはかなり強気にいけた。

三人で電車に乗って、繁華街のある駅までやってくる。

会場となるカラオケが待ち合わせなので、そこまで歩いた。

「諒、松田さんが『就職しちゃえばいいのにぃ～』って言っていましたよ」

付き合いが長いせいか、ヒメジは松田さんの真似《まね》が上手い。

「聞いたよ。そうやって、外堀を埋める作戦だろ。いい機材を与えて、興味がある仕事を与えて、やりがいを与えて、いい額のバイト代を払って……」

あれ？　なんかめちゃくちゃいい職場なんじゃ。

「ホワイトすぎて草なんだけど」

けらけらと茉菜が笑う。

「私も、不満がないのならあそこに就職したらいいのに、と思います」

「そう言ってくれるのは嬉《うれ》しいけど、一応進学するつもりだから」

これは松田さんにも言ってある。受験勉強に集中できるように、次の夏休みで一旦《いったん》辞める、とも言ってあった。

このままズブズブと沼にハマって抜け出せなくなりそうな感じはある。本当は前回の夏休みまでのつもりだったし。

「松田さんは、打算的なところがあるオトナですけど、価値がある人を見抜く目はたしかです。私も諒もその一人というわけです」

そんなふうに評価してくれるのが、嬉しくないわけがない。

「まあ、気が変わったら世話になるよ」

と言って、俺は話題をしめくくった。

カラオケに到着すると、姫奈以外の鳥越、篠原、出口が揃《そろ》っていた。

「ひーな、遅れるんだ?」

「姫奈は、私との勝負が怖くて逃げたんです」

「そんなわけねえだろ」

「受付もう済ませてっから、行こうぜー」

お菓子をどっさりと買い込んでいた出口が先を歩く。篠原は、雛《ひな》を守る親鳥みたいに、大事そうに紙袋を抱えている。

あれが、例のケーキだな。

自分で抱えるよりも冷蔵庫に入れておいたほうが安心だぞ。

と思っていたら、やってきたカラオケ兼パーティルームには、小型の冷蔵庫があった。そっと篠原が中にいれて、ほっと一息ついていた。

八畳ほどの室内には、家のテレビよりも大きなディスプレイがあり、その上あたりに複数の照明がついている。

「たかやん、例のあれは？」

俺はぐっと親指を立てた。軽く手を挙げた出口とぱしんとハイタッチをする。

出口が渇望していた海に行ったときの動画を、今日流すために簡単に編集したのだ。出口が希望したエロい編集ではなく、内輪ウケする夏の思い出動画である。

「携帯にケーブル繋《つな》いだらディスプレイで見えるやつだからな」

出口はあらかじめ準備していたケーブルを覗かせて、俺たちは静かにうなずき合った。

「にーに、何飲むのー？」

「自分でやるから置いといて」

「みんなの前だからってイキっちゃってー」

友達の前で身内に世話されるのが恥ずかしいとか、そういうんじゃねえよ。

こんなときでも、茉菜はみんなの飲み物を訊いていた。気の利《き》くやつだな、ほんと。俺も手伝うことにして、ドリンクサーバーまで茉菜と行ってジュースを入れて戻ってきた。

「あ、そうだ、みーちゃん。ライターは？」

「大丈夫。ぬかりはないわ」

「親方って吸うんだ？」

「吸わないわよ！　あと、親方って呼ぶなって何度言えばわかるのかしら……！」

目を吊《つ》り上げる篠原に、茉菜が笑いながら謝っている。

「結構ちゃんとしたパーティするみたいですね」

「みたいだな」

姫奈発案だったけど、最終的に仕切ったのは出口だった。

「冷蔵庫にしまったケーキ、どうして隠しているんでしょう」

ヒメジが首をかしげている。

「それな」

俺は調子を合わせておいた。

クリスマスケーキなら別に隠さなくてもいいのである。

あらかじめ聞いていた俺は、その提案に二つ返事をした。

当然、俺と姫奈のことを祝福するってわけじゃない。もしそうなら、大いに機嫌を損ねそうなやつが一人ここにいるし。

そして、ケーキはそいつのためである。

「ケーキは、気にしないでいいんじゃない？」

「私、ケーキのお金を払ってませんよ。この中で一番お金を持っているのに」

そうかもしれないけど、一言余計なんだよ。

勘違いされやすいというか、損な性格してるよな、ヒメジは。

「ええっと、あとで払うんだろ」

カラオケ代とお菓子を買うだけよりも予算は高くなった。俺たちが払った金額と出口がヒメジに言った額はけっこう違うはず。

「それもそうですね」

引っかかるところがありつつも、ヒメジは納得してくれた。

ソファにみんなが座り、それぞれが飲み物を手にとると、マイクを握った出口が前に出た。

「えーえー、おほん。みなさん、今日は、オレの聖誕祭にお集まりいただいて」

「違うだろー」

「デグー、さっさと乾杯させて」

高森兄妹から野次のようなツッコミが飛ぶ。

「後夜祭の傷心を癒《いや》し、親友のたかやんは幸せを摑《つか》み、一二月の風は、我が身には堪《こた》えるばかり……。では、一曲聴いてください」

「歌謡曲のフリすんな」

「もういいってデグー」

俺と茉菜がノリノリで野次を飛ばすかたわらで、鳥越がぼそっと言う。

「なんなの、このミニコント」

待ちきれなかったヒメジはぐびぐび、とジュースを飲んでいる。空になったのを見計らって、篠原がさっそく次の飲み物を訊いていた。

「ヒメ様、次もオレンジジュースで？」

「私、お茶がいいです」

じゃあお茶を、と篠原はいそいそと部屋を出ていこうとする。

「篠原、ヒメジを甘やかすな」

「いいじゃない！　甘やかしたいのよ私は！」

「マナマナは、来年受験でしょ？　勉強大丈夫？」

「余裕。超がつくくらい余裕だし。シズやにーにたちとおんなじとこ受けるんだー」

「あ、そうなんだ」

出口が言いたがった乾杯の声なしでどんどんはじまっていた。

「オレが乾杯って言ってからがスタートだからな！」

「出口、もう諦《あきら》めろよ」

「待てができない犬かよ！」

「上手い例えツッコミしてももう誰も聞いてないぞ」

「かんっっっぱいっっっっっ‼」

渾身《こんしん》の乾杯を放ったけど、やっぱり誰も聞いてなかった。

茉菜と鳥越は受験話で盛り上がっているし、ヒメジと篠原は接待状態。ヒメジの仕事の話を聞いた篠原がいい反応を見せていた。

「たかやん、歌おうぜ」

今なら誰も聞いてないし、まあいいか。ＢＧＭ感覚で軽く歌おう。

「女子ってやつは、どうして話が長いんだろうな」

同感だけど、同意すると一気に責められそうなので俺は曖昧に首をひねっておいた。

「はー？　恋バナ超楽しいじゃん」

さっそく茉菜が噛《か》みついた。

「デグーは、結局シズが好きだったんじゃなくて、好きになってくれそうな子なら誰でもよかったんでしょ？」

「ちゃん茉菜、ここでそんな話をするのはマナー違反だろ！」

「え、え、しーちゃん！　いつの間に！　そんなことが⁉」

眼鏡《めがね》が曇らんばかりに篠原が興奮していた。

「後夜祭に誘われたってだけだから……別にそういうんじゃ」

グイグイくる親友の追及に鳥越も戸惑っていた。

後夜祭？　とピンときてない篠原に、ヒメジが解説した。

「後夜祭のダンスに誘うというのは、告白を意味しています」

「えっ。やっ。まぁー」

井戸端会議しているおばさんみたいなリアクションを取る篠原だった。

「なのに、デグーは他の子の相談をすぐしてくるわけ。あたしとしてはモヤつくわけよ」

「ま、出口くんは穴があればなんでもいい人だから」

一番辛辣だったのは鳥越だった。

「諒。ちなみにですが、私が何人に誘われたかご存じですか？」

ドヤドヤドヤ〜、と顔の圧がうるさいヒメジ。

「知らねえ」

ぱっと両手で開いて突き出した。

一〇人⁉　すごっ。

「八人です」

「一〇だろそこは」

ジェスチャー関係ねえのかよ。

「三年生も二年生も一年生も、いろんな男子に誘われたんです。全部断りましたが！」

なんか、言い方に棘《とげ》を感じる。

顔は微笑《ほほえ》んでいるけど、目は一ミリも笑ってない。

「てわけで、好きな女子や男子がいれば、誘ってダンスするのがうちの学校の風習なんだよ」

と、俺はまとめた。

「共学、うらやましい……」

篠原が、眼鏡を曇らせてしょげている。私立の女子校は、男女の好きだの付き合っただのっていうのは機会も少ないし相手もいないいんだろう。

その心情に引っ張られたのか、篠原が失恋ソングを歌いはじめた。

腕を組み、脚を組み、審査員みたいな表情でヒメジは聴いている。

「次は、失恋ソングの女王である私が、違いを見せつける番ですね」

「そんなこと期待してないから、楽しくやろうぜ」

「どの口がそんなことを言うんですか」

ぼそっと言って、端末を操作するヒメジ。送信された曲のタイトルを見ると、やっぱり失恋

ソングだった。

で、茉菜も鳥越も、俺を一瞥《いちべつ》したあと、なんとなく悲しそうな、同情するかのような視線をヒメジに送る。

……………気まずい。

姫奈、早く来てくれ。

ポテチを数枚口に放り込んで、茉菜と鳥越の表情には気づかないフリをして、もぐもぐとやる。

「あたしも、じゃあそっち系歌おっと。シズも一緒に歌お？」

「うん、わかるかな」

「大丈夫大丈夫」

「じゃあ、オレも失恋系のやつでいっちょ」

「おまえはしてないだろ」

茉菜の話では、出口は鳥越がダメだとわかったあと、別の子に標的を変えて手あたり次第という様子だったらしいし。

「いいだろ⁉　オレだってハートブレイクしてんだよ！」

「一緒に歌うか？」

気を遣って誘うと、出口はくわっと目を剝《む》いた。

「彼女がいる幸せいっぱいのやつにこの曲は歌わせねえ！」

なんだよ、それ。

ヒメジが前に出てそれっぽい振りをつけて歌いはじめた。どことなく視線を感じるのは気のせいじゃないだろう。

ボイストレーニングをしていたヒメジは、前から上手かったけど、一層磨きがかかっていた。ゆったりとしたテンポの曲を情感を込めてしっとりと歌うヒメジ。出口も茉菜も鳥越も聞き入っている。

一人だけ、篠原がちょうどいいところで合いの手を入れて盛り上げていた。

いや、そういう曲調の歌じゃないだろ。

その合いの手がなくなったと思ったら、篠原が泣いていた。ペンライトを持っているかのように、掲げた手だけを動かしている。ライブに感動している客みたいに、つー、と綺麗《きれい》な涙を流していた。

「沁《し》みるわ。ヒメ様の歌声が芯《しん》に響く……」

公演見ても泣いてたし、ヒメジ関連の芯がチョロすぎる篠原だった。

そのとき、ふっと扉の小窓から中を覗《のぞ》く人影があった。

あれは。

そっと扉が開くと、中に入ってきたのは姫奈だった。

みんなが気づくと、姫奈は両手を合わせて遅刻を謝るポーズを繰り返した。

間奏に入ると、ヒメジが目を鋭くした。

「姫奈。採点勝負です」

「いいよ！　どんとこい！　負けたらジュースおごってね」

「井の中の蛙が、私に敵《かな》うと思わないことです」

さっきまで俺の隣に座っていたヒメジの席に姫奈が座った。

「お疲れ様。仕事どうだった？」

「うん。わたしもいっぱい話したいんだけど、あとでね」

表情を見るに、悪いことがあったわけじゃなさそうだった。

歌い終わると、高速拍手を篠原が送り、聞き入っていた三人も賞賛を送った。

「姫嶋《ひめじま》さん上手いな。やっぱプロは違ぇよ」

「藍ちゃんは元アイドルだしミュージカルやるくらいだもんねー」

茉菜が曲を選びながら言うと、鳥越も隣で相槌《あいづち》を打っている。

「諒くんは歌った？」

「まだ」

「じゃあ一緒に歌おうよ。なんか盛り上がるやつ」

「そういう流れじゃねえんだよ、今」

「うん？」

きょとんと目を丸くしている姫奈。ヒメジが戻ってくると、俺と姫奈との間にあったわずかな隙間《すきま》に、小さなケツを押し込んで強引《ごういん》に座った。

「ちょ、ちょっと、藍ちゃん」

「何か？　私の席に、私が帰ってきただけですが」

完全にケンカを売られたと姫奈も気づいたようだった。

俺の隣がヒメジの席ではあったけど、反対側の俺と出口の間は、簡単に一人座れるスペースがあったので、意図的に割り込んだことがわかる。

「舞台が大成功したのはおめでとうと思うけど、そういうことするんだ？　さっきの、電車でたまにいる厚かましいおばさんみたい」

座りたいからって、わずかなスペースに強引に入り込もうとするあれな。

「私、仕事では電車で移動しないので、よくわからないたとえですね。あ、姫奈はまだ電車で現場まで往復ですか？　大変ですね〜。まあ、頑張ってください。カットモデル」

圧倒的な上から目線と隠しもしない嫌みだった。

「ケンカすんなよ」

窘めるけど、火がついたら相変わらず止まらない二人だった。

「カットモデルやったこともないくせに。いろんな髪型になれてすごい楽しいんだから」

「ふふ。よかったですね。ギャラはいくらもらえるんですか？　一〇〇円ですか？」

「許さない……。わたしだけならいざ知らず、仕事もバカにするなんて」

俺がよく知る日常の光景だった。

けど、見慣れていない出口と篠原はおろおろしている。二人の仲を知っている茉菜と鳥越も気にした様子はなく、マイクを握って交互に歌いはじめた。

隣で小競り合いをしている二人をよそに、俺はカラオケを聴きながらお菓子を食べ、ジュースを飲んで楽しんでいた。

「シズとにーにもなんか歌いなよ」

「い、いいって、マナマナ」

「なんでー？」

「怖い人がいるから」

鳥越が言うと、ようやく茉菜が姫奈の表情に気づく。厳しい修練を重ねた修行僧みたいな険しい顔をしている。

「姫奈ちゃんさー、そんなことでどうすんの？」

「どうもしないよ」

「クラスが離れたら、そうやって毎回ジェラって睨《にら》むの？」

「うっ……」

「他の女子と話すなって無理ゲーじゃん。シズと一緒に歌うくらいよしとしなきゃ、嫉妬《しっと》で死んじゃうよ」

最後の幼馴染《おさななじみ》のもっともな発言に姫奈は口をつぐんだ。

鳥越と仲がいいのは、姫奈も知っていること。だからこそ嫌なのかもしれないけど。

ヒメジだけは加勢を得た気分らしく、大きくうなずいている。

「慣れていくんじゃないの。まだ慣れないだけで」

鳥越がフォローして、真面目な空気が少し緩和された。その隙を見計らって出口が声を上げた。

「イイ感じに空気が温《あたた》まってきたことだし」

「どこがだよ」

「事実でもそんなこと言うなよ、たかやんよー」

「ああ、悪い。つい」

姫奈が来てしばらく経った——。出口が何をするのか、俺には察しがついていた。

「たかやん、スタンバイってくれ」

「スタンバってくれだろ」

一般的には全部言わねえんだよ。

女子たちは何をするのかと、俺と出口の動向を見守っていた。

携帯に入れてきた重めの動画ファイルを準備すると、出口がディスプレイにケーブルを繋ぐ。

カラオケ側の電源を切ると画面側の電源はついたまま真っ暗になった。

「だ、大丈夫だよな、たかやん。ちゃんと映るよな？」

「わからん」

出口から渡されたケーブルを携帯にセットする。

設定を変えると、俺のよく知るトップ画面が表示され、出口の心配は杞憂《きゆう》に終わった。

「諒くん、何するの？」

「前、このメンバーで集まったときもこうやって遊んだよな」

出口以外、俺の話が見えず、曖昧にうなずいている。

「海、みんなで行ったじゃんか。撮影で。クソ早起きして、電車に乗って」

出口が補足すると、みんなが答えを見つけた表情に変わる。

「そのときに撮ってた動画、編集してあるんだ。今からそれを流す」

煽《あお》ったせいで、みんなが黙る。完全に期待をするような間だった。

だ、大丈夫。変な編集はしてない。

非難されるようなことはなんにもしてない。

ただ、中盤以降、鳥越以外みんなが水着になっているくらいだ。

俺の手元の携帯と同じ画面をディスプレイが映している。

　さっき確認したばかりの再生画面を呼び戻し、再生ボタンを押した。

　砂浜と空と海をバックに、撮影のメイキング映像のような動画が流れる。姫奈もヒメジも真剣で、茉菜が小難しい顔をしながら、二人のメイクや服の調整をしている。

「うわ、なっつー！」

　真っ先に声を上げたのは茉菜だった。懐かしいって言いたかったらしい。

「藍ちゃんも姫奈ちゃんも、ガチな顔してんね」

「茉菜もな」

　進むと、画角にいきなり出口が入ってきた。

『たかやん、オレばっか撮んなって！』

『レンズの前に飛び出してきたのおまえだろ。山道のイノシシかよ』

　くすっと室内に笑いが起きる。そのときの思い出をそれぞれが口にしていた。

「こんとき、風すごくてさー、あたしがせっかくセットした髪の毛、秒でオシャカになったの、ガチで終わってた」

「あったあった。すぐ来て直してくれる茉菜ちゃん見て、申し訳ないなーって思ったもん」

「姫奈は、セルフ没を繰り返してましたよね」

「藍ちゃんはセリフ棒読みだったもんね」

「は？　だからなんですか」

「べっつにー」

篠原はというと、憧《あこが》れのアイカ様のあとを金魚のフンみたいについていっていた。

「みーちゃん、これはストーカー。逮捕だよ?」

「これくらい大したことないじゃない」

そうとは知らなかったヒメジが引いていた。

昼食の料理を茉菜がして、それをみんなで食べた。あのとき姫奈と二人で岩場のほうへ行ったんだっけ。

「たかやん、たかやん。オレがカメラ持って撮ってた時間あるだろ。あれそろそろじゃね?」

ぐふふ、とゲスな笑みをこぼす出口。

「ああ、あれな。ほぼカット」

「なんんんでだよっ⁉」

出口の性欲をよく表した焦点の当て方で、ずっと水着姿の女子を映していた。胸元《むなもと》、はしゃぐ女子の脇《わき》、砂がついた尻《しり》、太陽に照らされる白い太もも。そればっかり。みんなに見せられるわけねえだろ。

動画では昼食が終わって、みんなが遊びはじめた。出口が言っているのは、このあたりのことだけど事情によりカット。出口が撮った中で残したのは、パーカーを着ている鳥越だけ。

動画内の俺たちは、みんな楽しそうだった。実際、そうだったし行ってよかったとも思った。

「えー、ヤバい。また行きたいー！」

全員の声を茉菜が代弁してくれた。

「今度はシズも脱ぐんだよ」

「い、いいよ、私は」

「デカパイ隠してるなんてもったいないよー」

「で、でかくないからっ」

からかう茉菜に鳥越が体をねじって拒否を示す。

「隠しているから価値があるという側面もあるけどな」

含蓄あることを言いそうな渋い表情の出口は、浅いことをつぶやいている。

映像内では夕方を迎えて花火をはじめていた。

このあたりになると、みんながカメラを交代で持ったので、ときどき俺も映っていた。

やがて動画が終わると、ヒメジが言った。

「いい動画じゃないですか。とっても」

「お気に召したようでよかったよ」

ぐいっと出口が俺の肩を摑《つか》んだ。

「たかやん、オレは諦めてないからな」

「諦めろ。もう消しちまったから」

なった。


「オーマイガー……」

絶望した出口が頭を抱えた。

この上映会がちょうどいい気分転換になったらしく、その流れから、ケーキを出すことになった。

クリスマスケーキではなく、ヒメジの舞台の成功を祝うためのものだった。

緊張した面持ちの篠原が冷蔵庫からケーキを出し、ガラス細工を扱うかのような慎重な手つきで箱からそっと中身を取り出す。

「クリスマスケーキ！　じゃ、ないですね……？」

見ればすぐにそうじゃないことがわかっただろう。

プレートに『アイちゃんおつかれさま！』と書いてある。

わけがわからず、ヒメジが説明を求めて首を左右に振った。

「ヒメジの舞台が終わる頃だったし、ちょうどいいんじゃないかってことになったんだ」

「……私のために？」

まだきょろきょろしているヒメジに、全員がうなずく。

もしかすると『打ち上げでこういったものはいただいたので、今さら労ってくれなくてもよかったのですが』とか言いそうと思っていたけど、俺の予想は外れた。

感激しているらしく、ぽつりとお礼を言った。

「ありがとう、ございます」

出口が鼻の下を指でこすっている。その古い照れ方なんなんだよ。

「これの発案者は篠原だ」

ヒメジが素直に感謝していることに、篠原も感激して泣きそうになっている。

「美南《みなみ》さん、ありがとうございます」

「い、いいの。ヒメ様、お疲れ様」

「藍ちゃん、舞台超よかったよ。あたしああいうの見たの初めてだったけど、めっちゃ楽しかったもん」

にしし、と茉菜が改めて感想を言うと、姫奈も続いた。

「最初は自分が出られたかもしれない舞台だからモヤモヤしながら見るんだろうなって思ってたんだけど、そうじゃなかった。藍ちゃんの熱演がそんなの忘れさせたんだよ。お疲れ様」

「私はメッセージの内容通りだから」

鳥越は簡潔に言う。

「あれですね。超長文の感想メッセージ。ええっと……」

ヒメジが携帯を覗いてメッセージを探そうとすると、鳥越が素早く携帯を取り上げた。

「みんなの前で読まなくていいから」

「冗談が通じない人ですねー」

ちらりとヒメジが俺に視線を送る。感想を催促しているらしい。

「松田さんが顔真《ま》っ青《さお》だったあの状態から、よくもあんなに堂々とした芝居や歌ができるなって思ったよ。クソ度胸はさすがだった」

「余計なこと言わないでください。素直に褒められないんですか？　まったく」

と言いつつも、顔が緩んでいる。

みんな、俺が言及したあの状態とやらのことが気になったようだけど、そこは誰も触れなかった。

「トリはオレだな」

立ち上がってしゃべる準備をする出口の前に、ヒメジがもう一度お礼を言った。

「せっかくのパーティに、私個人のことをありがとうございます。こんなふうにしていただけると思っていなかったので、まだびっくりしています」

「素直な藍ちゃんキャワワ」

「うん。普段は意地っ張りのビッグマウスだもんねー」

茉菜と姫奈が言うと、にこやかな他所《よそ》行きふうのヒメジから元に戻った。

「あの、聞こえてますけど？」

「プライド激高女だしね」

鳥越がこそっと言うと、それも聞き取っていた。

「静香さん」

笑い声が上がり、場が和んだ。

姫奈が包丁を借りにいき、鳥越と茉菜が紙皿と飲み物の準備をはじめた。

そんな中、しゃべる気満々だった出口はぽつんと取り残されている。

「なあ、たかやん、オレだっていい感想言うつもりだったんだぞ……？」

「おまえのそういうのは要らないらしい」

忘れてるだけかもしれないけど。

姫奈が戻ってくると、茉菜が包丁を握り、ケーキを切り分けた。茉菜が包丁を持ったときの安心感がすごい。

「ヒメジ、舞台お疲れ」

また乾杯をして、俺たちはケーキを食べた。


時間がくると、ゴミを片付けて俺たちはカラオケをあとにした。

採点対決をしていた姫奈対ヒメジは、三勝二敗でヒメジが勝った。

「藍ちゃん、今度またやろうね！」

「やめておきましょう。また私が勝つだけですし」

ギッタギタにすると息巻いたヒメジだったけど、思いのほか姫奈が健闘したせいか、勝ち逃げする気だった。

みんなで揃って駅に移動していると、姫奈が今日の仕事のことをぽつりと教えてくれた。

「地元の会社のCMに出ることになったよ。今日はその打ち合わせ」

「え？　CM？」

「WEB限定のやつね。テレビとかじゃ流れないよ」

「けど、カットモデルからいきなりの大抜擢《だいばってき》だな」

「大手じゃなくて地元の会社のだから、そんなに抜擢感ないけどね」

CMと聞いて、前を歩くヒメジが耳を大きくした。けど、WEB、地元の会社というワードが出ると、すぐに耳は元のサイズに戻った。

「姫奈って、もしかして事務所から推されてるんじゃ」

「どうなんだろう？　他を知らないからわからないけど、そうだったらいいなー」

順調に入った仕事に、姫奈は満足げな笑顔を見せていた。

⑤ イヴ

先日のテストが返ってくる。

各教科いずれも平均点が低かったらしく、どの先生もテストを返し終わったあとは険しい表情をしていた。

「難しかったよな?」

授業が終わると、俺《おれ》は一番そのへんがわかりそうな姫奈《ひな》に尋ねた。

「ちょっとだけね。騒ぐほど難しくはなかったかな」

あ、だめだ。優等生はこの程度の難易度はノーマルモードの範囲だと思ってやがる。

全部の答案が返ってきて、俺のテストの点は平均より上だった。姫奈が密かに目標としていた八〇点に届いたのは一教科のみ。

まあよしとしよう、という雰囲気が姫奈にあったので、勉強に関してしばらくうるさく言われなくてすみそうだった。俺からすれば大金星なんだけどな。

ちなみにヒメジは、点数を隠していた。覗《のぞ》いても鉄壁の防御で誰《だれ》にも見せないようにしていた。

あれは、たぶん相当悪いぞ。落ち込んでいると思いきや明るいので、もう開き直っているとみた。

ヒメジは冬休みは補習地獄だな。お疲れさん。

ロングホームルームになると、やってきたワカちゃんは授業のときのように表情を曇らせていて、来年受験だの、今三年は必死だのと話した。

「うちのクラスは、学祭でも優秀だったし他のクラスよりもテストの平均点が高いってのもあって目をつぶってたんだけど、席替えをする」

今の席で満足しているやつは反対の声を上げて、今が不満なやつは快哉《かいさい》の声を上げた。

「先生、テストの点が悪いのと席は関係ないんじゃないですか？」

姫奈が遠回しに反対した。

「授業に集中してないから」

かといって、次の席で集中できるとは限らないだろう、と思ったけど、決定は揺るがないらしい。

「クジ作ったから、順番に引いていって」

ワカちゃんは黒板に向かい合うと、座席を書いてクジにあるであろう番号を割り振っていった。

「諒《りょう》くん」

姫奈が寂《さび》しげにしている。

「授業中イチャついているからです」

べ、とヒメジが舌を出すと姫奈が席から乗り出して反論した。

「全然そんなことしてないもん」

「どこが？　ツンツンつついて遊んでたじゃないですか」

「あんなのイチャイチャに入らないから。ね、諒くん」

「それ以上のことをしているから麻痺《まひ》しているんです。意外と姫奈はスケベなんですね」

「うっ……」

顔を赤くして何かを思い出しているような姫奈。俺は助け舟を出した。

「席替えとイチャつきは関係ないだろ。現に俺は点がよかった。なのにヒメジは死ぬほど悪い」

「悪いって勝手に決めつけないでください」

「だったら点数見せてみろよ」

「私の番が来たようです」

聞こえなかったかのように、ヒメジは席を立って教卓の上にあるクジを一枚引いて戻ってきた。俺も姫奈も順番がやってくるとクジを引く。

書き終えた座席表とクジを見ると、俺は今より左方向へ二つ移動するだけだった。

「離れちゃった……」

姫奈が俺の番号を見て悲しそうに眉尻《まゆじり》を下げる。

「寂しくなるね」

そうだな、と俺はつい頭を撫《な》でようとして、学校だと気づいてやめた。

「同じ教室にいるんですから、寂しいわけないじゃないですか」

聞いていたヒメジがでっかいため息をついた。

席移動が終わると、俺の右側がヒメジで、前は鳥越《とりごえ》。その右が出口《でぐち》だった。

「また諒の隣ですか」

「よろしくな」

「高森《たかもり》くんもヒメジちゃんも近いね」

鳥越が控えめに喜んでいる。

対して、一人だけ端の離れた席にいる姫奈は、仲間外れにされたかのように切なげな目をしていた。

そのあとの帰り道。姫奈は、当然のように恨み言をつぶやいていた。

「絶対ただの方便だよ。席変わっただけで学力上がるはずないじゃん」

その通りだと俺も思う。

「ワカちゃんは受験を意識させて、俺たちをピリッとさせるためにそうしたんじゃないの？」

「かもねー」

むうう、と姫奈はむくれていた。

その白い頬《ほお》をつつく。やめてよー、と大して嫌がる素振りも見せず、くすぐったそうに姫奈は笑った。

家への帰路は、冷たくなった手と手を握りあって温めた。

「手の甲が寒いから」

姫奈は、俺のポケットに繋《つな》いだ手を入れた。たしかに、こっちのほうがあったかい。

ただ、人に見られたら恥ずかしい。

「明日は、何かある？」

「撮影があるの」

「あ。例の？」

「そう。結構スケジュールがキツいみたいで急に……」

申し訳なさそうに姫奈は言った。

明日はクリスマスイヴ。てっきり空けているものだと思っていた。

けど、それならそっちだろう。

地元企業でＷＥＢとはいえＣＭって、結構すごいことだ。

「気にしなくていいよ。頑張れよ」

「うん。ありがとう！　楽しみにしててね！」

「いつから流れるの？」

「一月くらいって聞いたよ」

「来月？　それを明日撮るの？」

松田さんのところでバイトをさせてもらうようになり、どんなものも、かなり前から製作されていることを知った。逆算すると半年以上前から動いていることもザラにある。

「大手ならもっと前なんだよね、こういうのって。けど、事務所も会社のほうもちっちゃいから、小回りが利《き》くみたい」

そういうこともあるんだろう。

地方のローカルＣＭは、全国放送で流れているものよりも、低予算感がかなりあるもんな。けど困ったな。明日は終業式で、放課後にデートして、流れでクリスマスプレゼントをあげる予定だったのに。

それなら時間が空くし、俺もバイトしようかな。

姫奈を家まで送ると、玄関先で人目がないことを確認し、ちゅっとやる。

幸せそうに微笑んだ姫奈が家の中に入るのを見送って、俺も我が家へ帰ってきた。

「あたし、明日空いてるんだけどなー？」

今日が終業式だったＪＣギャルは、帰宅した兄を見るなりぽつりと言った。

ソファの上で携帯を触りながら、こっちをチラ見してくる。

「俺は空いてない」

帰る途中に松田《まつだ》さんに仕事があるかどうか訊《き》くと、ちょうどあるらしく、事務所に行くことになったのだ。

「はぁー。彼女できると愛している妹ともデートできないってわけー？」

ぶーぶー、と茉菜《まな》が苦言を呈した。

「そこまでシスコンこじらせてないから」

「あたしがいないのが寂しくて、駅まで迎えにきたくせにー！」

よっぽど嬉《うれ》しかったのか。

鬼の首を取ったかのように、茉菜は事あるごとにその話をする。

「プレゼントがほしいんだろ」

「そういうわけじゃないけどー」

そういうわけだろ。

「茉菜ちゃんよ、にーにを甘く見んな」

「ううん？　どゆこと」

「あります。プレゼント」

「えーっ⁉　ガチ――⁉」

ぴょん、とジャンプするように飛び跳ねて立ち上がった茉菜は、目を輝かせている。まだまだ子供だな。変なところばっかり成長しても。

「にーにさ、そーいうのはサプライズしてくんないと。一日早いし」

と言いつつも、とっても嬉しそうだった。

「文句言うな」

「あたしも、にーにしゅき」

「現金なやつめ」

ただ、このファッション警察のお眼鏡《めがね》に適《かな》うかどうかは別の話。

ミスった場合、これなら要らないって言われるまである。

「どれ？　何くれんの？」

「落ち着けよ」

わくわく顔の茉菜を窘《たしな》めて、俺はプレゼントを置いている自分の部屋へと向かう。当然のように茉菜もついてきた。

プレゼントはクローゼットの中に隠してあった。俺は、グリーンの包装紙に赤いリボンが添えられている紙袋を掴む。

「これ」

「ガチじゃん！　ほんとに準備してんじゃんっ！」

姫奈へのプレゼントのアドバイスをもらったり、その他茉菜には世話になりすぎている。せめてものお礼ってところだ。

プレゼントを受け取った茉菜は、俺をハグした。……胸がふにっと当たってんだよ。

「ありがと、にーに」

俺から離れると、中を確認した。

「あー！　手袋！　ベタ！　鬼ベタ！　大草原なんだけど！」

茉菜が行っていたギャル系ショップで買った物だ。だから大外しはしないだろうと思っていたけど、期待通りだった。

ダサいとか、これはないよとか、思ってたらはっきり言う茉菜が、何も言わない。

やっぱ、好きそうなデザインだったっぽい。通学にも使えそうな黒い手袋で、手首にはファーがついていて、何よりもつけたまま携帯が操作できるのである。

「携帯触れるし、学校行くときも使える」

「そういうの考えられるようになったんだ？　成長したね、にーに」

なでなで、と頭を撫でられた。

「逆だろ普通。兄が妹のほうを撫でるんだよ」

俺のツッコミは聞いてない茉菜は、手袋をはめてご機嫌そうに階段を下りていった。

「あたしも、明日にーにのプレゼント買ってくる」

「いいよ、別に」

「いいの！　あたしが買いたいんだから！」

……可愛《かわい》いやつめ。

「安いやつでいいからなー」

聞いているかどうかわからないけど、それだけ加えておいた。


終業式の日。

登校する生徒を見ていると、手袋をしている女子が少ないことに気づく。あれで本当によかったのかちょっと心配になった。

要らないなら要らないって言うやつだから、大丈夫だとは思うけど。

放課後になると、姫奈は俺や鳥越たちに手を振って教室からすぐ出ていった。

理由を俺が話すと、鳥越とヒメジも納得したようだった。

「低予算らしきローカルＣＭ……どんなものになるんでしょうね」

仕上がりを予想したのか、ヒメジがニヤニヤしている。こいつ、笑う気満々だな？　いい性格してるよ、ほんと。

「諒は、今日何をするんですか？」

「バイト」

「……じゃあ、私もついていきます。事務所でしょう？」

「暇なのかよ」

「違います。ちょっと用事があるだけです」

全然目を合わさないので、たぶん嘘《うそ》だと思う。

自分が帰る準備が済んでるからって、ヒメジはさっさと教室を出ていく。

「鳥越は篠原《しのはら》と遊んだりするの？」

「私のことはいいじゃん」

俺が出てこないからヒメジが顔を覗かせ「諒ー。何してるんですか」と急かしてくる。

「あ、あの高森くん。これ！」

鞄《かばん》から鳥越が手のひらに乗りそうな立方体の箱を取り出した。綺麗《きれい》にクリスマスカラーでラッピングがされていて――。

「俺に？　プレゼント？」

「そ、そう」

驚いて、言葉が出ない。

「あ、ありがとう。もらえるとは思ってなくて」

とだけ、ようやく言えた。

　ぶんぶん、と高速で鳥越は手を振った。

「いいい、い、要らないなら捨てていいから！」

「そんなことしねえよ」

「み、み、みーちゃんにもあげるから気にしないで！」

「ごめん。俺、全然用意してなくて」

「気にしないで。私が好きでやってることだから。ああ！　す、す、好きっていうのは、そういう、アレじゃなくって！」

　もう顔真《ま》っ赤《か》。テンパってる鳥越は、矢継ぎ早に何か言って、さっさとしまうように促してくる。鞄にしまっていると、またヒメジが教室を覗いた。

「諒ー！　私、待ってるんですけど。廊下寒いんですけど！」

「うるせーな。先に出て行ったのおまえだろ」

　鞄を肩にかけて、鳥越に軽く挨拶《あいさつ》をして俺は教室を出ていった。

「静香《しずか》さんと何を話してたんですか？」

「冬休み何をするか」

　と、適当に嘘《うそ》をついた。

「私は、オーディションがいくつかあります」

　訊いてないのに教えてくれる承認欲求のお化けである。

「その件で、今日は松田さんと打ち合わせを」

「へえ、そうなのか」

ちょっと用事があると言ったのは本当だったらしい。

電車に乗って事務所まで移動すると、いつものように社長室に入る。続いてヒメジが入ると、松田さんが怪訝《けげん》そうに片眉を上げた。

「アイカちゃん、あなた何してるのよ」

「オーディションの件で、松田さんと打ち合わせに」

「あらやだ。もう済んだじゃない。とくに話すことないわよ？」

「………………」

やっぱ嘘だったのかよ。

俺とヒメジを交互に見た松田さんは、気の毒そうに目を細めた。

「アイカちゃん……きゅんとイヴを一緒に過ごしたかったのね。可哀想《かわいそう》な子……」

「ち、が、い、ま、すっっっっ‼」

室内がビリビリと震えるくらいの大音量だった。さすが、ミュージカルやっただけはある。

いつもの席につき、鞄の中で鳥越のプレゼントを開けてみた。中にはマグカップサイズのタンブラーが入っていた。

あったかい飲み物を冷めにくくするやつだ。コーヒーを淹《い》れてもこれでしばらくあったかいぞ。デスクで仕事する俺にぴったりだった。

ちょうどいい。さすが鳥越。実用的かつ高価ではない……。もらった相手が気を遣わなくて済むという気遣いが感じられる。

おかげで仕事が捗《はかど》りそうだった。

『タンブラーありがとう！　バイト先で使わせてもらうよ』

鳥越にメッセージを送ったら、どういたしまして、と言っている宇宙人みたいなスタンプが返ってきた。

ヒメジは、俺と松田さんが早々に自分の仕事をはじめたこともあり、やることも話し相手もいなくなり、すぐに帰っていった。

それから、雑談がてらヒメジのことを松田さんから聞いていると、受けるといったオーディションは、アイドル発掘系の企画らしい。

「アイドルだったのに？」

「経歴は問わないそうだから。舞台を見て確信したの。アイカちゃんは生の現場で輝く子なんだわ」

難があった芝居に関しては、舞台稽古を経験してかなり上達していた。けど、真骨頂は歌とダンスなんだろう。

「アタシ、今日は直帰するからきゅんもキリのいいところで上がってちょうだい」

「はい。わかりました」

「細かい編集作業やリクエストに応《こた》えてくれるきゅんの仕事ぶりは、結構評判なんだから他所《よそ》に行っちゃイヤよ」

投げキスを飛ばしてきた松田さんは、手をひらひら振って部屋をあとにした。

仕事を認めてくれて見合った報酬をくれる。ここを辞めて他所に行くなんて考えられなかった。

ここなら就職してもいいかもな。受験勉強キツいだろうし。大学で何を勉強したいのか、まだはっきりと思い浮かぶことがない。

そう思ったら、就職アリだな。

「いや待て。こう思わせる松田さんの手口かも」

同じ大学に進学しよう、という姫奈との約束もある。

姫奈は今もその約束を覚えてるんだろうか。

作業を終わらせ、事務所をあとにした俺は、姫奈に連絡を取る。ちょうど近くにいたそうなので、待ち合わせ場所を決めて一緒に帰ることにした。

「こうやって、こうやって踊るの」

合流すると、姫奈は撮影でやったダンスの振りをしてみせた。

「変なの」

「でしょー。わたしも変だなーってずっと思ってて。でもみんな大真面目《まじめ》だし、わたしカメラの前で何させられてるんだろうって、途中で笑いそうになっちゃって」

思い出して姫奈がくすくすと笑う。

「逆にインパクトあるかもな」

「そうかな？　わたしには、藍《あい》ちゃんに小馬鹿《こばか》にされる未来が見えるよ」

姫奈は嘆くように首を振ると、申し訳なさそうに手を合わせた。

「イヴなのにごめんね。全然時間取れなくて」

「もういいよ、謝らなくても。仕事のことは応援してるし、タイミングってあるから」

「うん。ありがとう。わたし、頑張るね」

「頑張りすぎないように、ほどほどにな」

はーい、と姫奈は返事をした。

最寄駅に降りると、岐路で姫奈が自宅のほうへ俺の手を引いていく。

「わたしたちのクリスマスはこれからだよ」

音符が出そうな足取りで、ぴょこぴょこと歩く姫奈。

明日の予定はお互いなし。姫奈の家族も旅行や友人宅へ遊びに行ったりと家を空けているという。

だから姫奈は今晩家に一人きりだったらしい。

姫奈の部屋へやってくると、帰り道の途中で買ったチキンやお菓子を広げた。

冷蔵庫にあったジュースで乾杯をして、テレビを適当に流し見しながらチキンを食べる。ほどよい広さがある部屋なのに、姫奈がくっついたまま離れない。

進路とか真面目な話は今度にしよう。

俺はタイミングに困っていたクリスマスプレゼントをようやく渡した。

「これ」

「プレゼント⁉　何これ⁉」

子供みたいにはしゃぐ姫奈に、「開けていいよ」とすすめる。ガサガサと包装紙を外し小箱を開けると、シルバーネックレスがあった。

「すごい！　衣装とかでありそうなオシャレネックレスだ！」

よかったぁぁぁぁ。茉菜ありがとぉぉぉ。

「あんまりつけないほうだけど、これならシンプルでつけやすいんじゃないかと」

って茉菜が言っていた。

「たしかに……！　これなら主張しすぎず、でも存在がちゃんとわかる……。諒くん、ありがとう！」

ぎゅむっと抱きついてくる姫奈。その状態でネックレスを預かり、首の後ろでホックを止めた。姫奈は手にとってみたり鏡で見たり確認すると感激してちょっと泣いていた。

「嬉しい……」

「どういたしまして」

「わたしもあります」

目尻の涙をぬぐうと、照れ臭そうにてへっと笑った。

机のそばにいき、一抱えほどあるクリスマスカラーでラッピングされた物を持ってきた。

「諒くんへのプレゼント」

「ありがとう。じゃあ、失礼して」

がさっと中を確認すると、中にはクマの可愛いぬいぐるみが入っていた。

……リアクションどうしよう。

相手によっては、間違いないプレゼントだろうけど、俺、高二男子だぞ。逆ならまだわかる。

俺が姫奈に渡すなら、まだわかる。

忘れてた。茉菜のおかげで改善されつつあるファッションセンスだけど、こういうところではまだズレてるんだ。

うわどうしよ。

ちら、と姫奈を見ると俺のリアクションを待ち遠しそうにしている。

俺は覚悟を決めた。

「めっちゃ嬉しい。ありがとう姫奈!」

「よかったぁ！　喜んでもらえてわたしも嬉しいっ！」

その純粋な笑顔にほっと一安心する。第三者がここにいてこのズレを指摘してくれたらいいけど、あいにく二人だけの空間。喜ぶ以外に選択肢はなかった。

包装紙を外して、クマを膝《ひざ》の上にのせる。サイズは中くらい。プレゼントとしてはズレているけど、これ自体は愛嬌《あいきょう》があって可愛《かわい》い。

「……そこ、わたしの席なのです」

クマをそっとどかすと、あぐらをかいている俺《おれ》の上に姫奈《ひな》がこっち向きに座った。頬《ほお》を火照《ほて》らせた姫奈がゆっくりと顔を寄せてくる。一度キスをすると、俺は背中側から服の下に手を入れた。

「……諒《りょう》くんが、いたずらっ子の顔してる」

叱るようなおどけた顔をする姫奈に、抵抗する気配はまるでなかった。キスを続ける中、ゆっくりと這《は》わせた手でブラジャーのホックを外した。

……この日が冬休み最後のデートになるとは、思いもよらなかった。

⑥ 変わりゆく日常

冬休みが明けた初日。

変わり映えのしない教室に入ると、みんな口を開けばとある話題で持ちきりで、クラスメイトたちは見たかどうかを確認し合っている。

それは、推しが出ている新春ドラマでも年末年始にあった人気バラエティの特番でもなかった。

俺は、数日前に姫奈《ひな》からそのことを教えてもらった。

変なダンスとヒップホップ調のＢＧＭに合わせて、見覚えのある女の子が企業名を繰り返すだけのＣＭ。

「伏見《ふしみ》さんのアレ見た？」

「見た。ヤバいよね。可愛すぎん？」

そう。

姫奈が出演したＷＥＢＣＭが、バズったのだ。

そのせいか、隣にいるヒメジは機嫌が悪そうだった。

「一発バズった程度で、なんですか」

「それがすごいんだろ」

「下手っぴなダンス。私のほうが上手ですし可愛いですよね？」

「前半はともかく、最後のやつに俺が同意したらどうすんだ」

「浮気《うわき》したとチクります」

「罠《わな》だったのかよ」

あのな、と俺は姫奈のフォローをする。

「あれは、下手くそに見えるダンスで、そういう振りなんだよ」

それが、余計に姫奈の可愛さを際立《きわだ》たせていて、ネット上では謎《なぞ》の美少女として話題を集めていた。

年が明けるとそれが公開され、瞬く間に姫奈は忙しくなった。本人の話によると、別バージョンの撮影がすぐはじまり、その他有名企業やファッション雑誌から問い合わせがあり、マイナー事務所の謎の美少女は、一躍時の人となった。

クリスマスのあとは、元々仕事が入っていたらしく、姫奈は冬休み中そちらに忙殺されていた。電話やメッセージで連絡を取っていたけど、会ったのは元旦の初詣のときだけ。二人で出かけることはなかった。

「女優になるんじゃなかったんですか？　売名です、バイメー」

ライバル視しているヒメジは、自分よりも姫奈のほうが話題になっているのが許せないらしい。

その本人は、離れた席で代わる代わるやってくるクラスメイトや他学年の生徒の対応に追われていて、しばらくは近づけそうにない。

鳥越《とりごえ》が登校すると、挨拶《あいさつ》もそこそこにこっちを向いた。

「ショート動画でも、ひーなのダンスやってる人結構いるね」

「ああ、見た」

「ヒメジちゃんもやろうよ。撮ってあげる」

「結構です」

姫奈が人気の間は、こうやってヘソを曲げ続けるんだろうな。

「どこで何が起きるかわからないもんだね」

鳥越が目を回しそうなほど忙しそうな姫奈を見てつぶやいた。

こうして、姫奈はみんなの人気者に戻った。

クリスマス以来デートはしていない。姫奈の部屋でまったりしただけのあれをデートと呼ぶのかはわからないけど。

バズったＣＭ以降の仕事も順番に公になっていき、その先々で「あの変なダンスの子」と認知されるようになっていった。

俺の彼女だと鼻が高くなる一方で、二人きりで会ってしゃべるのは登校のときだけとなっていた。席が離れた弊害がこんなところに出ていた。

姫奈の話を聞いていると順調そのもので、疲れているように俺は見えたけど、充実感のほうが勝っているらしかった。

そうしているうちに、メッセージか電話のどちらかをするという暗黙の了解だった習慣が途切れて、「どうせ明日会うからそのときに話せばいいか」と思うようになっていった。たぶん、これは姫奈もそうだろう。

共通の話題があっても、それをしゃべってしまうと登校するときに話すことがなくなってしまう。どうでもいい話ってやつが、なぜかできなくなっていた。

事務所は本気で姫奈を推しているらしく、姫奈の広報用の公式ＳＮＳアカウントができた。芸名は「ひなみ」になったそうで、検索するとその公式アカウントが真っ先に出てきた。アカウントが作られたって話を聞いてすぐだったのに、フォロワーは三万を超えていた。

鳥越が言っていた姫奈は優等生だという発言が脳裏をよぎる。

優等生であり、優秀でもある。

姫奈は、新たに「ひなみ」という顔を持ち、存分にその能力を発揮しているように思えた。

彼氏として、彼女として、大したことをしないまま……いや、何もしないまま一か月があっという間に過ぎていった。

学祭からの一か月が俺の夢だったんじゃないかってくらい、何もない日々だった。


体育が終わったあとの更衣室で、出口《でぐち》が思い出したかのようにひやかしてきた。

「バレンタイン、ぜってーたかやん一個もらえるな。うらやま。あー、いいなぁ！」

「いや、どうだろう。忙しそうだからな」

「おいおいおい、いきなり後ろむきだな。そうくるとは思わなかったぞ」

意外そうに出口はまばたきをしている。

愚痴っぽくなりそうだし、相談するにしても、相手がいなかった俺は思ったことを吐き出せずにいた。

鳥越にもヒメジにも、選んだ相手のことを相談するのは、抵抗感があった。

そこで、出口のひやかしがあり、閉じていた扉がゆっくりと開いてしまった。

「付き合ってるんだよな？　って、ときどき疑問に思うことがあるんだ」

「おい！　ガチトーンのマジな話すんじゃねえ！　そういうつもりなかったからこっちが戸惑うわ！」

半裸の出口は、脱いだ体操服を俺にぶつけてきた。

「そう感じることがあるんだよ」

体操服を投げ返すと、ひやかすだけのつもりだった出口が、スタンスを変えた。

「しゃーねーな。言ってみ。エロい話ならなおよし」

「忙しすぎて、俺との今の付き合い方ってただの友達レベルなんじゃないかって」

「もう芸能界入ったようなもんだもんな」

「ネットドラマのオーディション受けるっつってたし」

もっと詳細に言うと、受けに来てほしい、と先方から要望があったとか。だからたぶん受かるんだろう。

「あー。はいはい。たかやんは、そんな女優の卵と付き合ってる俺大変だわーってことが言いたいんだな?」

「ざっくりまとめんなよ」

「悪い悪い」

「その通りだよ」

「否定しろよ。むしろしてくれよ」

いつものテンションに付き合ってやれないのを察してくれたのか、出口もこっちにテンションを合わせてきた。

「そういう時期があるってだけだろ。部活の大会前みたいな。いるだろ？　部活に集中したいから、一緒に帰れないとか連絡の数減らしたいっていうやつ」

俺はその手の友達がいないからわからないけど、出口曰くよくあるパターンだとか。

「ま、そうは言ったけど、部活じゃねえもんな……。活動を辞めない限りは続くんだもんな……。人気だしな、『ひなみ』ちゃん。たかやんだけの伏見さんじゃなくなっちまったんだな」

自分の発言に納得するように、出口はうんうんとうなずいている。

「元気がなかったのはこれだったんだな」

合点がいったように出口は俺の肩を叩《たた》いた。

「元気なかった？　俺が？」

「そう。鳥越氏も姫嶋《ひめじま》さんも気にしてた。何か言っても、二学期のときと比べて反応が悪いっていうか。落ち込んでるふうではないにしても、いつも通りじゃないっていうか」

それが三人の共通見解らしい。

次の授業がはじまるので、俺は手早く自分の体操服を抱え込んだ。

「聞いてくれてありがとな。ちょっと楽になったわ」

「おう。……鳥越氏たちに相談したら？　男目線のオレだけじゃちょっとアレだろ」

「そうかもだけど」

「二人とも心配してる。何も言わずに抱え込むよりは、思いきってぶっちゃけたほうが、むこうも嬉《うれ》しいんじゃねえかな」

気軽に笑う出口は「わかんねえけどな」と無責任な一言をつけ加えた。

出口のアドバイスを聞いてから、授業中しばらく考えた俺は、放課後にヒメジと鳥越に残ってもらい話を聞いてもらうことにした。

最初、不思議そうにしていた二人だったけど、出口に言ったのと同じことを話すと、徐々に顔が真面目《まじめ》になっていった。

二人とも自分の席にいて、ヒメジは手足を組み、鳥越は俺の机の上で頬杖《ほおづえ》をついている。

まったく、とヒメジがため息をついた。

「誰《だれ》になんの相談をしているのかわかっていますか？」

「わかってるよ。申し訳ないとも思ってるよ。けど、ヒメジは向こうの世界の人で事情に理解があるだろうし、鳥越は姫奈と一番仲がいいし……相手として最適なんだよ」

これが、二人に相談してみようと思った一番の理由だった。

「高森《たかもり》くんは、友達ほとんどいないしね」

「そうだよ。選択肢が限られてるんだよ、こっちは」

「……姫奈があんなふうに忙しくなるとは私も予想外でした。あの様子だとしばらく続くと思いますよ」

「狙《ねら》ってバズるのって難しいし、それはもう、ひーなが『持ってた』ってことじゃないかな。ま、それはおいといて。ひーなの目標は高森くんも知ってたわけでしょ。いずれこうなる可能性ってあったと思うんだ」

俺の一番弱い部分を真っ先に突いてくる鳥越。

正論だった。姫奈を選んだ以上、女優になること、その仕事で忙しくなる可能性は、別れない限りずっと付きまとうことになる。

要は、鳥越が言いたいのは、わかってたことだろ、と。それは覚悟してたんじゃないの？　ってことだろう。

「ぐうの音も出ねえ……。応援はしてるし、活躍もしてほしいと思ってたんだけどな」

恋人になったのに、高二以前みたいな関係性に逆戻りするとは思っていなかった。

「嫌なら別れたらいいじゃないですか」

「ヒメジちゃん。そうしたくないからこうして相談してるんだよ」

「わかってますよ。冗談ですよ、冗談」

つまらなそうにまたため息をつくヒメジ。

「ひーなは、高森くんが違和感を持ってることは知ってるの？」

「ちゃんと話してはない。話してどうにかなるもんでもないだろうし、困らせたくないんだよ」

覚悟がなかった俺のただのワガママにすぎない。そう感じている反面、活躍を嬉しくも思っている。

その姫奈は、仕事の都合で学校を早退している。

「俺一人が、ワガママで縛っていい女の子じゃないんだよな、姫奈は」

俺の父さんも、もしかしたらこんな気持ちだったのかもしれない。

ややあって、鳥越が口を開いた。

「あのさ、もう別れたらいいじゃん」

「静香《しずか》さん？　さっき自分が言った言葉覚えてます？」

「冗談だってば」

「姫奈は今が旬ですからね。たぶんさらに忙しくなるでしょう。言い方は悪いかもしれませんが、恋人とはいえ、諒《りょう》は蔑《ないがし》ろにされ続けることになりますよ」

それに耐えられるのか、と言外にヒメジは言っていた。

◆伏見姫奈◆

「ここ？」

「そうです。ありがとうございます」

学校の裏手から来客用の駐車スペースにマネージャーの森《もり》さんが車を停めた。

「はーい、お疲れ。また細かいことはあとで連絡するね」

「はい。ありがとうございます。お疲れ様でした」

わたしは車を降りて、軽く会釈すると歩き出した。

仕事が少し早く終わったこともあり、諒くんに委員の仕事を任せっぱなしは悪いので、学校に戻ってきたのだ。

聞いてほしいことがたくさんある。

車の中で箇条書きにしてメモをした。仕事のこと。そこで出会った人のこと。全部全部、あのとき諒くんが背中を押してくれたから、今のわたしがある。

生徒用の昇降口まで回り、ローファーから上履きに履《は》き替えた。

念のため確認すると、諒くんはまだ学校にいるらしい。

学校が終わってさほど時間が経《た》っていないから、今は一人で学級日誌でも書いているんだろう。

静まり返った廊下には、自分の足音がよく響いた。教室が近づいていくと、ボソボソとした話し声が聞こえてきた。

諒くんの他に、誰かいる。女の子。たぶん、藍《あい》ちゃんとしーちゃんだ。きっと二人が学級日誌を書くのを手伝ってくれているんだろう。

さらに近づくと、内容が聞こえてきた。

「嫌なら別れたらいいいじゃないですか」

——え？

心臓が誰かにギュッと摑《つか》まれたように、胸が苦しくなった。

はっきりと聞こえたのは藍ちゃんの声だった。

なんの話をしてるの？

あと数歩で教室に入れる距離で、わたしは立ちすくんでしまった。

予想だにしない衝撃のせいで、そのあと何を言っているのか聞こえない。

頭の中でさっきのセリフが繰り返される。

諒くんは、わたしと別れる相談を二人にしている？

呼吸が浅く短くなっていく。

二人が、諒くんにそう誘導している……？　ライバルではあったけど、そんなことをする人じゃないことはわたしがよく知っている。

じゃあ、やっぱり諒くんが——。

ここから立ち去りたい。なのに、足が動いてくれない。諒くんが、はっきりと否定してくれるそのセリフだけをただ待っていた。

「俺一人が、ワガママで縛っていい女の子じゃないんだよな、姫奈は」

体の力が抜けていく。

否定はしてくれなかった。

わたしとの恋人関係は、重荷になってしまったの？

深夜に家に帰り、朝起きて諒くんの家に行く。

仕事の内容は話せなかった。情報流出は厳禁で、何が原因になるかわからない、と口酸っぱく言われているからだ。ただ、ネットドラマのことだけは、応援してくれているからつい話してしまった。

朝の登校時間、諒くんはきっとつまらなかっただろう。

先月と今月で付き合い方が大きく変化してしまった。

ろくにデートもできない、大したおしゃべりもできないこんな彼女は、一緒にいても諒くんは楽しくなかったかもしれない。

「あのさ、もう別れたらいいじゃん」

しばらくして、しーちゃんが言った。

視界が涙でぼやける。これ以上ここにはいられなかった。背中を向けてわたしは走って逃げた。もらったシルバーネックレスがやけに冷たく感じた。

◆高森諒◆

相談しても前向きな解決策は得られなかった。

嫌なら別れろ、と二人が言ったのは、極論ではあるけど、間違いでもないというのが正直なところだった。……いや、やっぱ極端すぎるわ。

この件について、鳥越とヒメジが内心どう思ったのかはわからないけど、俺はずっとのしかかっていた重りが減ったような気分の軽さを覚えていた。

人に言うって大事なんだな。それが身に染みてわかった。

考えているだけだと、堂々巡りをして目新しい見解に辿《たど》りつくことはなかった。

別れろだのなんだのと言われて新鮮さがあった。衝撃的でもあったけど。

相談したあと家に帰ると、扉の前に姫奈がいた。

「あれ。仕事じゃないの？」

「早く終わったの」

それなら一言連絡してくれたらいいのに。

まあいいか。

「せっかくだし、あがってく？」

俺の心配は、杞憂《きゆう》で終わるんだろう。

そんなふうに期待したときだった。

「ううん。……諒くん、あのね」

久しぶりに二人でゆっくりする時間が出来るのだと思ったら、姫奈はそうは思ってなかったらしい。

深刻そうな表情に、俺は嫌な予感を覚えた。

杞憂では、終わってくれないらしい。

姫奈は間をたっぷりと取る。

何を言われるのか、その分俺も身構えた。間の長さに比例して、次に発する言葉が重くなるようだった。

「……朝、ちょっと一緒に行けないかも」

「あ、ああ、朝。朝な、うん、オッケー、わかった」

「仕事で夜遅いときもあるし、待たせちゃうから」

「そ、そっか」

俺の家に来る時間は、いつも登校ギリギリに間に合う時間だった。それは、姫奈が俺に合わせてくれているからだ。

姫奈が遅れれば、俺の遅刻が確定する。その申し出は、俺を気遣ってのことだろう。

けど、姫奈が遅刻せずに学校に行くつもりなら、俺と似たような時間に家を出る必要がある。早い電車に乗るとしても、今学校に早く行きたい理由はとくにないはず。

だから、俺を待たせると悪いというのは、きっと方便なんだ。

どうかした？　って言えたらよかった。何かあった？　って。

けど、これ以上の詮索は、繊細で過敏な火薬庫にわずかな衝撃を与えるような怖さがあった。

今は、暴発しなかったことをよしとしたい。

「それだけ言いにきたの。ごめんね。メッセージでよかったのに」

「いや、そんなことないよ。わざわざ……その……」

話を変えて、何か言わないと。

俺が話題を探していると、姫奈は俺の隣をすり抜けて自宅のほうへ歩いていった。

辛《つら》そうな横顔と悲しみに沈んだ目。

付き合いが長いせいでそんなことがわかってしまう。

あんな顔、見たことがなかった。

たぶん、そうさせているのは俺なんだ。

思わず拳《こぶし》で扉を叩いた。

俺は別れたいと思ったことはない。

けど、姫奈は、どうなんだろう。

「俺たちって、あんな距離感の会話してたっけ」

不用意なことを言わないようにしようとすると、当たり障《さわ》りのないことしか話せなかった。

「なんか物音すると思ったら、にーにじゃん」

茉菜《まな》が窓から顔を出していた。

「入んないの？　寒いっしょ」

「そうだな」

気のない返事をして中に入る。リビングに顔を出すと、エプロン姿の茉菜が暇そうに携帯を触っていた。

「何してんの」

「チョコ試作してんの。味見する？」

「じゃあ、ちょっとだけ」

「にーにも作る？」

「え？」

「女子から贈るのが定番だけど、うちの男子は贈るって人結構いるっぽいよ。告るきっかけにもなるし。ま、あたしたちは三年だし、同じ高校いかないなら顔あわせなくなるからさー」

「あー……」

「ま、今年は姫奈ちゃんからもらえるだろうけどね」

どうだろう。

あの様子では付き合った当初のテンションで、何事もなかったかのようにチョコをくれるとは思えない。

正直に話しても茉菜を心配させるだけなので、黙っておいた。

さっき作ったばかりの相談用グループチャットにメッセージを投げた。

『チョコ贈るってあり？』

メンバーは、俺とヒメジ、鳥越の三人。

『いいんじゃないですか。私は嬉《うれ》しい派です』

『私も同意』

すぐに返信があった。

「俺も作ってみようかな」

「にーに、ガチじゃーん」

ういうい、と茉菜が出口みたいにひやかしてくる。

「じゃ、あたしが作り方教えたげる」

「心強すぎる」

「にしし。当然っしょ」

善は急げとばかりに、茉菜は俺をダイニングへ連れていった。

一四日が日曜日のため、週末の金曜日が学校でチョコを渡す最後の日となる。

男子全員がどことなく浮ついていて、女子の一挙手一投足に目を光らせていた。

去年は、俺も似たようなことをしていたけど、今年は渡す側へ回るとは思っていなかった。

そのせいで朝から緊張している。

茉菜監修の下で作ったチョコがマズいはずもないだろう。そこだけは自信があった。

人けのないところで、女子が男子にチョコを贈っているところをすでに何件か見ていた。

そういえば、俺は正式に告ったってわけじゃない。一般的な手順を踏んでいたら緊張しただろうな。

斜め前の席の出口は、他の男子としゃべって情報収集をしている。頭を抱えたり、諦《あきら》めたり、でも諦めきれずにキメ顔で待ってみたりと忙しそうだった。

「渡すんですか?」

隣の席のヒメジが、話しかけてきた。

「そのつもり」

「発情期の思春期は、バレンタインデーっていうだけでこんなにそわそわするんですね」

「そりゃそうだろ」

男子はみんなそわそわするんだよ。誰かから告られるかもしれないと思うと、目の前がピンク色になるんだよ。あとな、渡す側だって、そわそわしてんだよ。

すでにヒメジは、女子からもらったチョコやお菓子で紙袋がパンパンになっている。

「なんでこんな性格なのに、ヒメジにチョコ贈るんだろう」

「何か言いました？」

なんでもねえ、と俺は逃げを打った。

「なー。鳥越氏ぃ〜。オレのチョコあったりする？」

「ないよ」

「つかぁ〜。世知辛ぇ〜」

「なんであると思ったの？」

「義理くらい期待させてくれよ……オレと鳥越氏の仲じゃんか」

「え。ごめん、何？」

「聞いとけよ！」

前の席で半目の鳥越とげっそりしている出口は、今日も仲よさそうだった。

以前はヒメジみたいにチョコをもらっていた姫奈だけど、様子を窺《うかが》ってみるとまだもらってなさそうだ。

『放課後時間ある？』

姫奈からのメッセージに思わず席に目をやると、すでに空席だった。

こうやって誘うってことは、くれるってことか……？

『いいよ』と俺はすぐに返信をした。誘う手間が省けてよかった。

「姫奈、チョコくれるっぽい」

「あ、そうですか」

面白《おもしろ》くなさそうにヒメジは言う。

「ニヤケ面、しまってくれます？」

「してねえだろ」

「こんな美少女を前に、わかりやすく鼻の下を伸ばして……」

俺は両手で顔を揉《も》んで元に戻した。ニヤけたつもりはないんだけどな。

「よかったじゃないですか」

茉菜が監修しているから俺のほうが美味《うま》くできたかもしれない。交換したあと食べ比べでもしよう。

そのことはヒメジから鳥越に伝わった。俺に言うことはないようで、声をかけられることはなかった。

放課後になると、学級委員の仕事が終わり、あとは学級日誌を担任に渡すだけとなった。

「諒くん」

「あ、おぉ」

言葉を選ぶように姫奈が考え込む。

待っていると、ついに切り出した。

「考えたんだけどね」

あれ……会話の入り口が違う。

予想した感じのものじゃない。

「なんか、わからなくなっちゃった」

姫奈は泣きそうな顔でどうにか笑顔を作った。

ポジティブな内容じゃないことくらいその顔を見ればわかる。

「わ、わからないって、何が?」

うっすらとした違和感が嫌な予感に変わり、足元から全身を包んでいくようだった。

「好きなのに、諒くんは違うのかもって、最近ずっと考えてて」

「え。いや、なんでそんな話になるんだよ」

「藍ちゃんやしーちゃんとしゃべっているときのほうが、楽しそうだから」

「いやいや。友達だからそういう瞬間くらいあるだろ。それは姫奈もそうだと思うし……いきなり何言い出すんだよ……」

俺にとっては青天の霹靂《へきれき》でも、姫奈にとってはずっとずっと感じていたことだったんだろう。

席が離れて、仕事が忙しくなって、姫奈との会話が減って、連絡の頻度が減って、次第に何を話せばいいのかわからなくなっていたのは、事実だった。


「だから、わたしたちの関係はちょっとだけお休みしない？」


か細く震える声。

乾いている瞳《ひとみ》は、涙こそ出てないけど、泣いているように俺には映った。

「チョコ作ったんだ。姫奈に渡すために」

会話の流れを無視して俺は用件を切り出した。会話をそらすにしても下手くそすぎた。

自分でも何を言っているのかわからないし、何を言っていいのかもわからなかった。

すぐ取り出せるようにしていた包装したチョコを探すフリで間を繋《つな》いだ。

「諒くん」

「――なんでそうなったのか、全然わからん」

握っていた包装紙がくしゃりと小さな音を立てた。

「俺は、姫奈が仕事をする上で邪魔になるのか？」

「そうじゃないよ！　そんなことないよ！」

「好きなのに、上手《うま》く付き合えそうな気がしないの」

「上手く付き合うってなんだよ」

「……ごめん。ごめんね。……わたし、頭を冷やす期間がほしくて……仕事でいっぱいいっぱいになっちゃって。わけわかんなくて……」

これ以上踏み込んでくれるな、と線を引く音が聞こえた。

また謝る姫奈は、鞄《かばん》を持って教室から出ていった。

椅子《いす》に座って呆然《ぼうぜん》としていると、廊下のほうから話し声が聞こえてきた。

低いボソボソとしゃべる女子の声だ。

「盗み聞きしててごめんね。高森くんのことがちょっと心配だったから、様子を見にきたらそんな話になるなんて」

「……ごめんね、わたし、帰らなきゃ」

「――待ってください。どういうことか、説明してくれますか?」

声は、鳥越と姫奈とヒメジのものだった。

「なんで藍ちゃんに説明しないといけないの?」

「諒は姫奈とのことで悩んでいて、今日の放課後だってチョコがもらえると思って」

「あぁ、そういうことだったんだ。だから藍ちゃんとしーちゃんと放課後残ってしゃべってたんだ。それで諒くんそそのかしたの？」

「そそのかした？　何言ってるの」

「とぼけないでよ！　二人で諒くんそそのかしてたじゃん！　わたし聞こえてたんだから！」

姫奈の絶叫が廊下に響いた。

「別れたらいいいって仕向けてたじゃん」

「聞いてたんですか。……冗談だってそのあと私たちはすぐに訂正しています。それは聞いていませんでしたか？　都合のいい耳ですね。人のせいにしたいと？」

パァン、と膨らませた紙袋を一気に潰《つぶ》したような音が聞こえた。

「っ……、図星ですか」

また同じ音が鋭く鳴った。

「ちょ、二人ともやめなよ」

「この子は、仕事だなんだと言って盾にして甘えてるんです。諒の我慢にも甘え切って、諒がどんな思いでいるか知りもしないで！」

「口だけならなんとでも言えるよ。藍ちゃんは今忙しくもなんともないじゃん」

「はァ？」

さすがにこれ以上聞いているだけはできない。

俺は腰を上げて廊下に出た。

そうしたら、案の定幼馴染《おさななじみ》二人が摑《つか》み合《あ》いをしていて、鳥越が困ったようにおろおろしていた。

「やめなよ、二人とも。ストップストップ」

鳥越の制止も聞こえないようだった。

「ケンカすんなよ」

俺が物理的に割って入って、ようやく二人の摑み合いは終わった。

肩で息をして制服と髪の毛を乱している二人。お互い、片方の頰《ほお》が赤くなっている。

ひゅっと平手が飛んできて、ヒメジにバチンと頰をぶたれた。

「いで⁉　な、何するんだよ」

「すみません。勢い余ってしまって」

「殴ったことを謝れよ」

「諒のせいでもあるので、いいじゃないですか」

「よかねえよ」

俺がヒメジを宥《なだ》めていると、鳥越は姫奈を宥めていた。

「ひーなは、本当にそれでいいの？」

「半端《はんぱ》に付き合っていても、お互いのためにならないと思ったから」

俺の後ろで姫奈に向き合う鳥越は静かに話す。

「選ばれたんなら、幸せになってよ」

そう言って続けた。

「『私のほうがよかったんじゃないか』って、そんなこと私たちに思わせないでよ」

姫奈から返答はなく、鳥越はヒメジを伴ってこの場を去っていった。

残された俺たちは、一緒に学校をあとにした。

訊《き》けなかったことを、この際だから訊くことにした。

「関係を休むっていうのは、どういうこと?」

「一時凍結、みたいな感じ」

「なるほど……」

「ごめんね」

はじめたばかりの仕事で忙しくしていたら、メンタルも体力にも負担が大きいはず。姫奈は優等生だから、期待に応《こた》えようと今必死なんだろう。

「諒くんが嫌じゃなかったら、一段落するまで待っててほしい」

「わかった」

「……そんなあっさり決めていいの?」

「うん」

俺に選択肢はない。一択のみだった。

「藍ちゃんやしーちゃんに乗り換えない？」

「乗り換えねえよ」

「本当に？」

「本当に」

「それ以外の女の子に乗り換えない？」

「乗り換えねえよ。そんな一休さんみたいなトンチ利《き》かせねえって。……待ってる。その分頑張ってくれよ」

「ありがとう、諒くん」

ようやく元の笑顔が見られた。

一段落がいつなのか。

思っても口にはしなかった。

一段落したとしても、姫奈の気持ちに変化があって、俺のところには戻ってこない可能性もある。

それは想像するだけでも辛いし、あんま深く考えたくもないけど、待つと決めた。

凍結が解除されたとき、どんなことになるかわからない。

現状俺にできることと言えば、姫奈の応援と待つことしかないのだから仕方ないだろう。万が一のために心の準備もできると思う。

……二日後の一四日。

我が家の郵便受けにプレゼントが届いていた。

「にーにー？　なんか入ってたよ」

茉菜が新聞と一緒にテーブルの上にそれを置いた。

「何これ」

「はぁー？　チョコに決まってんじゃん」

「見てないのにわかるのか」

「だって一四日だし。姫奈ちゃんがいるのに、別の女子からチョコ贈られるとか」

茉菜は、俺がすでに姫奈からチョコをもらっていると思い込んでいるらしい。

茉菜に姫奈とのことは話していない。名前が出ると、ちょっと胸がチクリとした。

経緯を説明すれば、ヒメジみたいに憤るのか、仕方ないね、と俺を慰めてくれるのかもしれない。もしかすると、姫奈を悪者扱いするかもしれないと思うと、言い出せなかった。

包装紙をはがすと、市販の物ではないことがわかった。

「どう見ても手作りの大本命チョコじゃん」

茉菜が白い目で俺を見てくる。

「にーに、やっぱモテるんだ」

決定的な浮気の証拠を摑んだかのような言い草だった。

「そんなことねえよ」

とは言ったけど、告白の手紙とか出てきたらどうしよう。

包装紙に送り状や消印がなかったので、我が家のポストに直に入れたことになる。

もしかすると。

「あたしもにーにのためにチョコ作ったのに。知らない女に家バレしてんじゃん！　どこで何してきてんの、にーに！　姫奈ちゃんいるのに！」

「そんなに怒るなよ」

中を確認すると、六つの一口サイズのチョコと小さく折り畳まれたメモ用紙が入っていた。

「へ、へえ……美味《おい》しそうじゃん」

「謎の女」が作ったお菓子を見た茉菜は、その腕にだけは敬意を払っていた。

メモにはひと言だけあった。


『春まで』


「ナニコレ。どゆ意味？」

「……さあな」

俺はとぼけた。

春まで

贈ってきた相手は、たぶん——。

茉菜が先にひとつぱくっと食べた。

「あ、こら！　俺の」

「む。ちゃんと美味しい」

贈り主の名前も書いていない謎のチョコ。

誰かわかるようなヒントを残しているのも、らしいやり方だった。

凍結を自分から言い出した手前、名前を明かして堂々と渡せなかったんだろう。

「茉菜が作ったチョコも食べたいなー」

「いいよ。せっかく作ったし、食べさせたげる」

冷蔵庫から出してきたのは、茉菜が自画自賛する生チョコだった。

「最高最強に上手くできたの。腰ぬかすといいよ」

今食べたかったわけじゃないんだけどな。

自信満々の笑顔を見ると、言い出せなくなり俺はフォークでひとつ刺して口に運ぶ。

滑らかに溶けるチョコとカカオの香りが口の中に広がり、遅れてほどよい甘さが舌に残る。

「うわ、うま！」

「でっしょー！」

にしし、と大満足そうな茉菜だった。

「あ、そうそう。昨日、姫奈ちゃんのＣＭ公開されてたよ。新しいやつ」

「ひなみ」フリークと化している茉菜が、最新情報を教えてくれた。

たしか、先月くらいに撮影したものだ。それがようやく公開を迎えたらしい。

茉菜が携帯の画面を横にして、俺に見せてくれる。

前回のＷＥＢＣＭの第二弾で、ヘタ可愛いとネットで賞賛されたヘタに見えるダンスを、姫奈が踊りながら会社名を繰り返す三〇秒ほどの動画だった。

「姫奈ちゃん、キャワワ。これがにーにの彼女なんだもんねー。不思議な感じ。メイクや衣装で普段の姫奈ちゃんと全然違って見えるんだからすごいよね～。いつもの私服はダサ面白いのに」

映画でヘアメイクと衣装を担当したからか、そういう視点で見ているらしい。

「新しいダンス、またショート動画で流行るかな」

「一発目のインパクトは越せないだろう」

「こうで、こうで……」

見様見真似で茉菜がダンスを踊ろうとしている。

難しい振りじゃないので、すぐに覚えて姫奈の真似をするようになった。

「曲もちょっと変っていうか、わざと耳に残るようにしててクセになるように計算してあるんだよ」

俺《おれ》も自分の観点からＣＭのことを言うと、無視された。そんなの聞いてないって？

もう一度再生された画面の向こうにいる姫奈《ひな》は、茉菜《まな》が言ったように別人のようだった。

⑦ 春まで

むすっとしているヒメジがつぶやく。

「許せません」

月曜日。

登校すると、機嫌最悪なヒメジが隣にいた。

腕を組み、眉間に皺《しわ》を作って空中を睨《にら》んでいる。

「姫奈《ひな》のこと？」

訊《き》いてほしそうだったので尋ねると、ため息と一緒にうなずいた。

「なんなんですか、あの態度」

「俺のことで怒ってくれたのは嬉《うれ》しいけど、こっちはこっちで整理がついたからいいんだよ」

このへんで止めないと仲がこじれるかもしれん。

「何をうぬぼれたことを言ってるんですか」

「え？」

「あの子は、私に向かって『暇でしょ』って言ったんです。この私に！」

そこかよ。

たしか、そう言われたあとにビンタしてたもんな。暇とは言ってなかったけど、まあ似たようなもんだ。

あれは、ヒメジの逆鱗《げきりん》に触れる発言だったようだ。

「誰《だれ》に言ってるんですか。誰が！　誰に！　言ってるんですか！　マイナー事務所の一発バズり女が」

鼻息を荒くして怒っているヒメジ。

「仲直りしてくれよ？　そしたら姫奈も謝るだろうし」

「嫌です。ぶったんですよ、美少女の顔を」

こんなふうに自画自賛できるヒメジのメンタルは、頼もしいというか、呆《あき》れるというか。メンタルが鋼《はがね》すぎる。

「おまえもぶっただろ」

「あっちが先でした」

「おあいこだよ」

喧嘩《けんか》両成敗。どっちも悪い。

「何言い合いしてんの」

鳥越《とりごえ》が登校してきた。

「姫奈とケンカになったから仲直りしろってヒメジに言ったんだよ」

「あんなの、ケンカじゃありません。子供のときはよくしてました。だから直る仲もありません」

つん、と顔をそらすヒメジ。

「この年になってあんなケンカ普通しないから。ドラマじゃん、ビンタの応酬なんて。あんなのプロレスでしか見ないよ」

くすりと鳥越が笑った。

「ひーなは、頑張りすぎちゃう子だから、本当に今キツいんだと思うよ」

「静香《しずか》さんは姫奈の味方なんですね」

「ヒメジ、ややこしいこと言うなよ」

「どうあっても、私は謝りませんから」

ふん、と鼻を鳴らして席を立った。

「ガキかよ」

「ガキだね……。ヒメジちゃんは、そういうところも可愛《かわい》いんだけどさ」

性格を知らなかったら、中途半端《ちゅうとはんぱ》な時期に転校してきた謎《なぞ》の美少女って思えるんだけどな。

性格を知らなかったら。性格を知らなかったら……。

他の男子からすると、ミステリアスなところもあるとかで、それがヒメジの人気に拍車をかけている。

会話が途切れたところで、俺はまとめた自分の考えを鳥越に伝えた。

「元には戻れないかもしれないけど、待つことにした。今俺にできるのは、それだけだから」

「いいんじゃないの。ひーなもひーななりに考え抜いてのことだろうし」

「相談とかされてた?」

「まさか。なんでも出来ちゃうから、たぶんひーなは一人で抱え込んで爆発《ばくはつ》したんだよ」

俺は、出口《でぐち》やヒメジや鳥越に姫奈のことをこぼした。

それで考えがまとまったしすっきりした。

けど、結果的に姫奈にはそれができる相手がいなかった。

「私がひーなと同じなら、いくら仲がよくてもやっぱり言えないよ。彼女になった人が、彼女になれなかった人に、彼氏の悩み相談なんてウザいだけでしょ」

「……そうかもな」

鳥越の他に信頼できる友達がいればよかった。八方美人の姫奈には、腹を割って話せる友達は鳥越だけだった。

ヒメジはまたちょっと違った友達だ。幼馴染でライバル視している。恋愛相談されるキャラでもないしな。

「ヒメジちゃんが言ったように、高森《たかもり》くんのせいでもあるんだけどね」

「ちょっとはあるかもしれないけど、全部じゃないだろ」

「どうだか」

おどけたように鳥越は肩をすくめた。

そうして、高二以前の仲に俺と姫奈は戻った。

凍結ということにしてあるけど、実際はほぼ無関係で、交わす言葉も学級委員としての業務連絡くらい。

教室での会話はもちろん、メッセージや電話のやりとりもなくなった。

そのせいか、姫奈と俺が別れたという噂《うわさ》はすぐに広まっていき、休憩時間中に話しかけに行く男子が増えた。

他のクラスや他学年の男子が、メモのようなものを渡しているのを見たこともあった。

いつからか見なくなったけど、もし前の通りであれば、あれは告白するための呼び出しのメモだ。

何事も起きない平凡な学校生活をまた送るんだろうと思ったけど、他の男子がちょっかいをかけるせいで、ピリっとすることが増えた。

とはいえ、関係凍結中の俺が割って入るのもどうかと思って見ないふりで自重している。

姫奈とヒメジは、謝罪があったのか、なかったのか、自然と元の仲に戻っていた。

そういや、この二人が揉《も》めたときは、昔から謝ることはお互いしなかったっけ。こうやって忘れた頃に元通りになっている。

昔からそういう仲直りのやり方だったんだろう。

ホワイトデーになると、俺は鳥越にクリスマスのお返しをすることにした。

人けがなくなってから、鞄《かばん》から包装された箱を取り出して渡した。

「鳥越。これ」

「え⁉　わ、私にっ⁉」

なんかテンパっていた。

「え。え。な、なんで？」

落ち着かない様子で髪の毛を触ったり、胸元《むなもと》をとんとんと叩《たた》いたり、深呼吸をしたりと忙《せわ》しなかった。

「クリスマスにプレゼントもらったままで、何もお礼とかお返しとかできてなかったから」

「う、うん」

目元から頬《ほお》にかけてじんわりと赤くなっていく鳥越。

「そ、それで？」

「……え？　だから、プレゼントをもらったままが悪いなって思って」

「……そ……それだけ？」

「うん」

空気が抜けてしぼんでいくみたいに、鳥越はしなしな、と椅子《いす》の上に腰を下ろした。

「あ、そ……。ま、そうだよね」

大きなため息をつくと、ぞんざいに手を伸ばしてきた。

「ちょうだい。何くれるの？」

箱を手に乗せると、鳥越が包装紙を外した。

出てきたのは、折り畳み式のキーボード。

「あ。これ」

「小説書くとき、どうしてるのかわからなかったけど、携帯とこれがあれば図書館でもカフェでも書くことができるよ」

「ありがとう。そんな気遣いできるんだ」

「俺をなんだと思ってんだよ」

鳥越がくれたマグカップが、実用的でかなり便利だったのを参考にしている。

普段使いやすくて、値が張らないもの。

「普通のキーボードよりサイズは小さいけど、鳥越、手ちっちゃかったろ？」

いつだったか、姫奈と手を合わせて大きさを比べていた。小柄な鳥越は姫奈よりも小さくて、姫奈にちっちゃくて可愛いと言われていた。

「こっちのほうが使いやすいんじゃないかって」

「そんなことまで考えてくれたんだ」

はぁー、と感心したような感嘆の声を上げる鳥越は、さっそく中を検《あらた》めて、自分の指を配置させて打鍵感をたしかめた。

「いい感じ」

「よかった」

「ありがとう」

「いいよ。さっき聞いたし」

「ううん。そうじゃなくて。全部」

「全部?」

うん、とうなずいて、鳥越は微笑んだ。

「二年になって、いっぱいいっぱい色んなことがあって、辛かったり悲しかったりしたことも多かったけど、楽しかった。それって、きっと元々高森くんと仲よかったからなんだよね」

そんなお礼を言われるようなことは何もしていない。

本当に。

俺は、恨まれても仕方ないことをしたのに。

そう思わないってのは、鳥越の性格がいいからなんだろうな。

「高森くんがいなかったら、私は友達ゼロの陰キャのまま高校生活終わってた。だから、お礼を言おうと思って」

「鳥越…………このあと死ぬのか？」

めちゃくちゃ死亡フラグっぽいぞ。

「バカ」

茶化したことがわかった鳥越がふふっと声を漏《も》らした。

「せっかく真面目《まじめ》な話してるのに」

「三年になったらクラス変わるかもだしな」

照れくさくなって俺は話を変えた。

「クラス別になるかもね、顔で選び野郎とは」

「それまだ言うのか。って、語呂悪いな」

「私もそれ思った」

イタズラを成功させたみたいに、鳥越が楽しそうに体を揺らして笑った。


春休みまであと少しというとき。

俺にとっては何もない日常でも、茉菜にとってはビッグイベントの受験が終わった。

発表は、学校の掲示板に張り出されるらしく、当日が休みだったので、高森家と鳥越の四人で見に行くことになった。

我が家の三人と鳥越を乗せた車が学校を目指す。

「なんで鳥越も？」

「マナマナについてきてほしいって言われたから。心配だったしね。余裕綽々《しゃくしゃく》って感じでも、強がってるだけのような気がしたから」

「俺と鳥越が受かったんだから茉菜なら大丈夫だろ」

な？ と話を振ると、茉菜は目をつむって手を組んでお祈りのポーズを取っている。

「諒《りょう》はなんだかんだで要領いいところあるから、茉菜ちゃんとはちょっと違うのよ」

と運転席の母さんが言った。

そうか？ 茉菜のほうが地頭もいいし要領もいいと思うけどな。

学校にやってくると、すでに中学生と保護者らしき大人が昇降口の上にある大きな掲示板を見上げていた。

「ううー。シズ、見てきて」

「茉菜ちゃん、大丈夫よ。諒でも受かったんだから」

「おい。それは同時に鳥越もディスることになるんだぞ」

「あ、私はお構いなく」

受験票を握りしめる弱気な茉菜の手を引いて、鳥越が歩きだす。

俺と母さんもあとについていき、たくさん人が集まっている昇降口前に向かった。

「マナマナ、番号は?」

しわしわの受験票を鳥越に渡すと、茉菜は鳥越を等身大のぬいぐるみか何かのように抱きしめた。

鳥越は小柄で身長差がちょっとあるので、妹に見える姉みたいだった。

「シズ、いいにおい」

「ちょっと、くんくんしないで。恥ずかしいから」

鳥越の手元の番号を確認した俺と母さんも掲示板を見上げる。

「――あ。茉菜、あるぞ!」

「ほんとだ。あるじゃん」

「茉菜ちゃんあるよ! ほら、あれ」

「マ⁉」

鳥越の頭に顔を埋めていた茉菜がぱっと顔を上げた。

「あるじゃん! めっちゃあるじゃん‼ よかったぁ~」

「よろしくね、後輩」

振り返った鳥越が茉菜の頭を撫《な》でた。

「シズ、先輩みたいなこと言ってる」

「いや、先輩だし」

俺は最近誰も発言しなくなったグループチャットに茉菜の合格を伝えた。

出口もヒメジも姫奈もそれぞれお祝いのメッセージがすぐに返ってきた。

茉菜と母さんはお祝いにどこかへ食事へ行こうと話し合っていて、鳥越も同席するようだった。

また車へ戻っていると、鳥越がチャットを確認してぽつりと言った。

「また、夏はみんなで遊べるかな」

「もしものときは、俺なしで行ってくれ」

「いないと困るよ。私は」

どういう意味だったのか、真意はわからないけど応援してくれているようだった。


春休みに入ると、週五日でバイトに行き、業務をこなした。

例の新設した部署は、アートディレクトチームという横文字を使った名前になり、俺の業務の八割はその映像製作の仕事だった。

「しょーもない提案をするわね」

社内会議から戻ってきた松田《まつだ》さんは、勇ましく鼻を鳴らして言った。

「何かあったんですか?」

「アートディレクトチームを任せているのは、元テレビディレクターなのだけれど、彼がきゅんを下にほしいって言ってきたのよ」

「そうなんですか?」

松田さん以外に社内で評価してくれている人がいることに驚いた。

「光栄です」

「何言ってんのよ。余所《よそ》に評価されちゃアタシが困るのよ」

めちゃくちゃ勝手なことを言う松田さんだった
「それでね、アタシは言ってやったの。『きゅんは、アタシの下で輝くタイプの人間よ』ってね」

「そんなことないでしょ」

仕事ぶりを評価してくれているのは、もらう給料の額でわかる。そこらへんの会社員並みに毎月通帳に入っている。

「そうやって、俺が辞めないように仕向けてません?」

「……」

一瞬無言になると、ホホホ、と笑って松田さんは背を向けた。

図星だったらしい。しばらくその予定はないからいいんだけど。

「あのー!? 私、外で待っているんですけど?」

ヒメジが、室内に顔を出した。

俺のバイトが終わるタイミングで、所用があったヒメジがちょうど事務所にやってきたので、一緒に帰ることになったのが一〇分ほど前。

「怖いお迎えが来たわよ、きゅん」

「松田さんがそうやって諒に無駄話をするからです」

「だってぇ、きゅんとおしゃべり楽しいんですもん」

「いいオジさんが、もんって言うのやめてください」

「誰がオジさんよぅ!」

くわっと目を尖《とが》らせる松田さん。

中に入ってきたヒメジが、荷物をまとめている俺の腕を摑《つか》んだ。

「行きましょう、諒」

「え、あ、おう。――松田さん、お疲れ様でした」

「はーい、おつおつー」

慌ただしく事務所を出ていくと、帰路の道中、ヒメジは愚痴をぽつぽつと漏らした。

「ぬるいんですよ。みんな。アイドルになるのがゴールだと思ってる輩《やから》ばっかりです」

先日受けたアイドルのオーディションに難なく受かったヒメジは、レッスン中の様子を語った。

「そんなこと言うなよ」

「志が低いんですよ」

そういえば、俺はヒメジがどうして芸能活動しているのか知らない。

姫奈みたいに憧《あこが》れた人がいて興味を持つようになり、というような流れもないし、憧れたアイドルがいた、という話も聞かない。

「ヒメジって、どうして芸能界入ったの？」

「なんですか、その初歩中の初歩の質問」

「聞いたことなかったから」

「諒に会うためです」

「え？」

「離れ離れになったあと、有名になればまた会えると思ったからです」

「……本当に？」

ちらりとヒメジは俺の顔をうかがうと、肯定とも否定ともとれるような笑顔を見せる。

「嘘《うそ》ですよ」

言葉通りなのか、そうじゃないのかよくわからなかった。

「他にも理由があります。私がいかにすごいか、わからせるためです」

誰かを笑顔にしたい、とかそんなキラキラした目標があるとは思っていなかったけど、これはさすがと言わざるを得ない。

「ヒメジらしいな」

自己評価がカンストしているヒメジならではといえる。

自分がすごいというのは確定した上での目標。

ヒメジのドヤ顔が終わらない。

まだ何か言う気だ。

「だって、私みたいな子、他にいませんから」

ドドドドドド、ドヤァ、とドに合わせて太鼓が鳴らされそうな表情で言った。

「一発バズり女とは格が違うんです」

まだ根に持ってるのかよ。

そんなヒメジでも、身近なライバルは姫奈っていうのは変わっていないらしい。

「あんなチャラい人気の取り方をしても、すぐに実力の無さがバレてポイですから。可愛いだけの子なんて腐るほどいますから、すぐポイです」

姫奈への恨み節をしゃべらせたら右に出る者はいない。

ややあって、ヒメジが俺の顔を覗《のぞ》き込んで不敵に笑う。

「だから、これから何十年も、諒はこの藍《あい》ちゃんを選ばなかったことを後悔するんです」

「どうだろうな」

「……あ。もうすでに後悔しているとか？」

「そんなことねえよ」

たったった、と数歩先を歩いたヒメジがこっちを振り返った。

「今なら大チャンス。私を後ろからぎゅってハグして『本当に好きなのはおまえだ』って言えば、諒の彼女になってあげます。おまけに選択肢を間違えたことを許してあげます」


自信たっぷりに提案してきた。

全部「してあげる」なのもヒメジらしい。

「まぁ、間違えたこと自体は永遠に忘れませんけど」

ぽつりと怖いことを言った。

「試すなよ。で、たぶん間違ってもない」

俺はそう言って隣に並んだ。

「バカですね、本当に」

じゃれるようにヒメジが体をぶつけてきた。

「もしこのまま自然消滅みたいな感じになったら、そのときは慰めてくれよ」

「嫌です」

「だろうな」

お互いにくすっと笑うと、

「諒。我がままを言うことです。相手のことを気遣うだけが良い関係ではないと私は思います」

そんなアドバイスをしてくれた。

横目で顔を見ると、案外真面目《まじめ》な様子だった。

なんだよ、おまえもいいやつなのかよ。

⑧ S級美少女を助けたら

春までというのが、具体的にいつまでなのかは訊《き》かなかった。

待つと決めた以上、そこに触れようとは思わなかった。

たぶん、姫奈《ひな》もこうしてずっと待っててくれたんじゃないだろうか。

昔の約束事を覚え続けて、俺《おれ》が選ぶまでの間ずっと。

それを考えたら、数か月程度待つことは抵抗なく感じられた。

けど、クラスが離れると、いよいよ接点を持つことが難しくなるな。

春休みが明けて、久しぶりに制服に袖《そで》を通した。

明日入学式の茉菜《まな》は、届いた制服をいかに着こなすかに余念がなく、今着る必要はまったくないのに、朝から姿見の前であれこれ微調整を繰り返している。

着崩しがこなれていて、この時点で新入生にはもう見えなかった。

「にーに。あたしがモテまくったらどうする？」

「応援する」

「すんな！　守りなよ！　可愛《かわい》い妹を！」

「はいはい。今日も朝飯超うまかった。ありがとう」

「むふ。いってらっしゃい」

入学間近で浮ついているのか、キスでもしてきそうなくらいご機嫌な茉菜だった。

いってきます、と返して、俺は家をあとにする。

あれ以来、登校するとき電車内で姫奈をときどき目撃した。

いつも同じ車両に乗っていて、目が合うとどうしていいのかわからなくなるので、同じ車両に乗っても、端に位置を取り、誰《だれ》とも目が合わないようにしていた。

顔が見えなかった美少女らしき女の子を助けたのは、去年のこの時期だった。

今日は、座席の端と端くらいの距離で、姫奈は座席のポールによりかかるようにして窓の外を見つめている。

声をかける友達が一人くらいいてもいいのに、方角が違うのか、いつも一人だった。

ヒメジはこの電車に乗り遅れることが多く、乗れてもギリギリで飛び乗るので、いつも違う車両にいた。

ストーカーだと思われないように、なるべく姫奈のほうは見ないように努めていると、男の声が聞こえてきた。

「あのっ――。あの！」

結構な声量で、周囲の視線を集めていた。

俺も思わずそっちを見ると、姫奈のそばに男が立っていた。

スーパーの衣料品売り場にありそうなくすんだ色のパーカーを着込んだ小太りの男だった。

携帯を片手に、姫奈に何か話しかけている。

「ひなみちゃんですか。オレ、ファンで。いつも、あのCM見て可愛いなって癒やされてて！」

「あー、えっと、ごめんなさい。たぶん人違いだと思いますよ……？」

困ったような笑顔で会釈をして、また窓の外に目を向けた姫奈。

「そっ、そんなわけないじゃん。嘘《うそ》つかないでよ。こ、この掲示板で、ひなみちゃんらしき子が、こっ、この車両に乗ってるって、画像つきで言われてるんだから！」

表示されている何かを見せようと男は姫奈に携帯を突き出した。

強張《こわば》る顔をどうにか笑顔にして、姫奈は小さく頭を下げた。

「えと、ごめんなさい。違うと思います」

姫奈の震える声と手が目に入る。

乗車率は一〇〇％ほど。去年よりも歩きやすい車内を気づけば足音を鳴らして進んでいた。

自分の視界がうっすらと赤みがかって見えた。

「嘘だよ。嘘。そんな嘘つくなよ。そうやって男が声かけるの待ってるんだろ！　バレたくないなら変装でもしろよ！」

声を荒げる男と、肩をすくめている姫奈。

俺はその間に割って入った。

「違うって言ってるじゃないですか」

思わぬ闖入者《ちんにゅうしゃ》に、男はたじろいだようだった。

「あ？　な、何、おまえ」

「誰でもいいでしょ。人違いなのにしつこくしているからですよ」

ひそひそ、と眉《まゆ》をひそめた周囲の人たちが何か話している。

同じ高校の生徒がいたけど、本当のことは言わないでくれた。

「次の駅で降りましょう」

俺が男の手を摑《つか》もうとすると、

「な、なんだよ、クソ、触んな」

俺から逃げるように体をよじり、舌打ちをして違う車両に早歩きで去っていった。

姫奈の視線を感じる。

凍結期間なのに出しゃばったことを責めているのか、それともそうじゃないのかわからなかったので、目は合わせられなかった。

「……ごめん」

なんと言っていいかわからなくなると、思わず謝罪が口をついて出た。

男のあとを追うように去ろうとすると、袖を摑まれた。

「待って」

姫奈が立ち止まった俺に何かを言おうとする前に、一部始終を見ていたおばさんとOLのお姉さんが心配そうに姫奈に話しかけた。

「大丈夫？」

「怖かったわよね。変な人もいるのね」

「あ、はい。大丈夫です。すみません、ご心配をおかけして」

すっと袖から姫奈は手を離して、二人とやりとりをする。

あの男が見えなくなったことに安心しているうちに駅に停まった。

学校最寄りの駅でないのに、姫奈が一旦《いったん》降りる。被害の報告か何かをするつもりなんだろうか。

姫奈がちらりとこっちを一瞥《いちべつ》する。降りたほうがいい気がして、俺も降車した。

乗車と降車をする人がほとんどいない駅。ホームからすぐのところに簡素な駅舎とふたつだけの自動改札。駅舎の向こうのロータリーには野良猫が二匹いた。

「一緒に降りてないな」

あの男がいないことを確認して、俺はぽつりとつぶやく。

「ありがとう」

誰もいないホームで姫奈が言った。

「また助けられちゃったね」

あれから、きっかけがなく話すこともしなかった。けど、また変なきっかけで俺たちは話しはじめた。

「……気をつけろよ？　去年とは違うんだし」

「はーい」

「あいつが言ってたことも一理あると思う。一応知られているわけだから、変装くらいちょっとしたほうがいいんじゃないかって」

「うん」

こんな説教じみたことを言いたかったわけじゃない。

「……次の電車来たら乗ろう。遅刻する」

会話がするっとできたことを意外に思いながら、俺は携帯で時間を確認する。

「諒《りょう》くん、わたしが出てるあのＷＥＢＣＭどう思った？」

「どうって。何が？」

「わたし、どうだった？」

「そりゃ、いい感じだったよ」

「それだけ？」

不満げに姫奈が唇を尖《とが》らせる。会話のキャッチボールが久しぶりすぎて、姫奈が求めているボールがなんなのかすぐにわからなかった。

「えっと……可愛いと思ったよ」

姫奈の目が期待に膨らんだ。

「ほんと？　あれね。カメラの向こうに好きな人がいると思って踊ってみてって言われたの」

「それは、ええっと」

半ば答えはわかっている。けど、本当にそうなのか確信が持てなかった。

姫奈が俺を指差す。俺も、自分を指差した。

恥ずかしそうに一度目をそらした姫奈は、「諒くんだよ」とつぶやいた。

「だから、きっと可愛く踊れて可愛く撮れたんだと思う」

人を大勢乗せた快速電車が、風圧と物音とともに通り過ぎていく。

電車が運んできたのか、ひらりと桜の花びらが足元に落ちた。

「今もまだその凍結期間中かもしれないけど」

この際だから、俺は自分が思っていることを伝えようと思った。

「考えたんだ。色々。前は、もやもやすることが多かったし付き合っても俺はその他大勢の一人だったんじゃないかって、感じることがあった」

ふるふる、と姫奈は首を振った。そんなことはないと言いたかったらしい。そのままくるりと背を向けた。

「ごめんね。上手《うま》くできなくて」

声が震えていた。

手を顔のあたりにやったことで、泣いているのがわかった。

「冷静になる時間が多かったから、きちんと整理がついた」

ぐすっと鼻を鳴らす音がする。

たぶん、言ってなかったんじゃないか。

学祭の後夜祭で迎えに行ったことで意思表示はしたけど、口に出してなかった。

好きじゃないとしない行為をたくさんした。

だからわかってくれているものだと、俺は甘えていた。

以前、姫奈が俺に言うことはないか訊いてきたことがあった。

そのときはさっぱりわからなかったけど、もしかすると、はっきりとした意思表示を俺の言葉でしてほしかったんじゃないだろうか――。

「姫奈」

呼んでもこっちは振り向いてくれない。

俺から歩み寄って、心細そうな華奢《きゃしゃ》な体を背中から抱きしめた。

「好きなんだ、俺。おまえのこと」

目元を指で拭う仕草をして、姫奈はゆっくりと何度かうなずいた。

「待ってるから。春までとか、一段落とか、いつまでとか区切らない。待ってる」

そのときもし姫奈の心変わりがあっても、受け入れる覚悟もできた。

「ありがとう、諒くん。全然言ってくれないから。わたしを選んだこと、本当は後悔したんじゃないかって不安になって……お仕事も忙しくて、どんどん怖くなって上手く話せなくなって」

「ごめん。今まで待たせて」

身じろぎをするので、俺は腕をほどいた。

こっちを向き直った姫奈は、まっすぐこっちを見つめた。

唇がぎゅっと結ばれ、赤かった目元に流れ星のように涙が頰《ほお》を伝った。

「わたしも。好きだよ、諒くん」

「俺も。子供のときから」

すっと姫奈の目が細まった。

「嘘。諒くん、藍《あい》ちゃんが好きだった時期あったもん」

「……」

そうだった。

真面目な話に水を差された気分だった。

言葉のあやなのに。

ヒメジに相手が変わったことを、根に持っていたようだ。

「いや、あの、それは、芦原《あしはら》さんが俺に嫌なこと言うから」

泣き顔が崩れて笑みがこぼれた。

「ごめん。意地悪だったね」

電車が到着するという機械的なアナウンスが繰り返される。

「わたしは、お母さんみたいにはならないし、なれない。休憩って自分で言いだしたのに、諒くんの顔が見たかったし、おしゃべりいっぱいしたかったし、キスもいっぱいしたかった。ゴロゴロ甘えたかった」

言い終えて苦笑する。

「わたしの中の一番がなんなのかわかった。お芝居一筋で脇目《わきめ》も振らずにストイックに突き詰めるなんて真似《まね》は、わたしには、できないみたい。今日で、休憩はおしまい」

近くの踏切が鳴り遮断機が降りる。

電車の足音が近づいてきた。

「もうわたしの中はスカスカで、特定の人と一緒にいないとそれはチャージされないの」

俺の中にあった空白が満たされていく。

間近で見えるその表情に、鈴が鳴るような声に、ぱっちりとした目に、春の日差しを柔らかく照り返す髪の毛に、繋《つな》がれた手に。

視界に映った電車がその姿をどんどん大きくしていく。

俺の肩に手をおいた姫奈がつま先立ちになった。

ゆっくりと顔が近づき、そっと唇が触れ合う。

名残惜しそうに離れたと思うと、最後にもう一度キスをした。

ホームにやってきた電車の扉が開いた。中にはうちの生徒が何人も乗っている。

「みんなに見られちゃったかもね」

「見られたよ。絶対」

「ふふふ。ま、いいじゃん」

飛びきりの笑顔をすると、繋いだ手を引いて姫奈が電車に乗る。

「諒くん、行こう」

乗車すると、乗客たちからじろじろと見られたのは言うまでもないだろう。

その視線を嬉《うれ》しそうにする姫奈は、ずっと頬をゆるませていた。

学校に着くとクラス表を確認して、慣れない下足箱にスニーカーを押し込む。

教室に入ると座席表を見て、席につく。

姫奈がいつかと同じように、隣に座った。

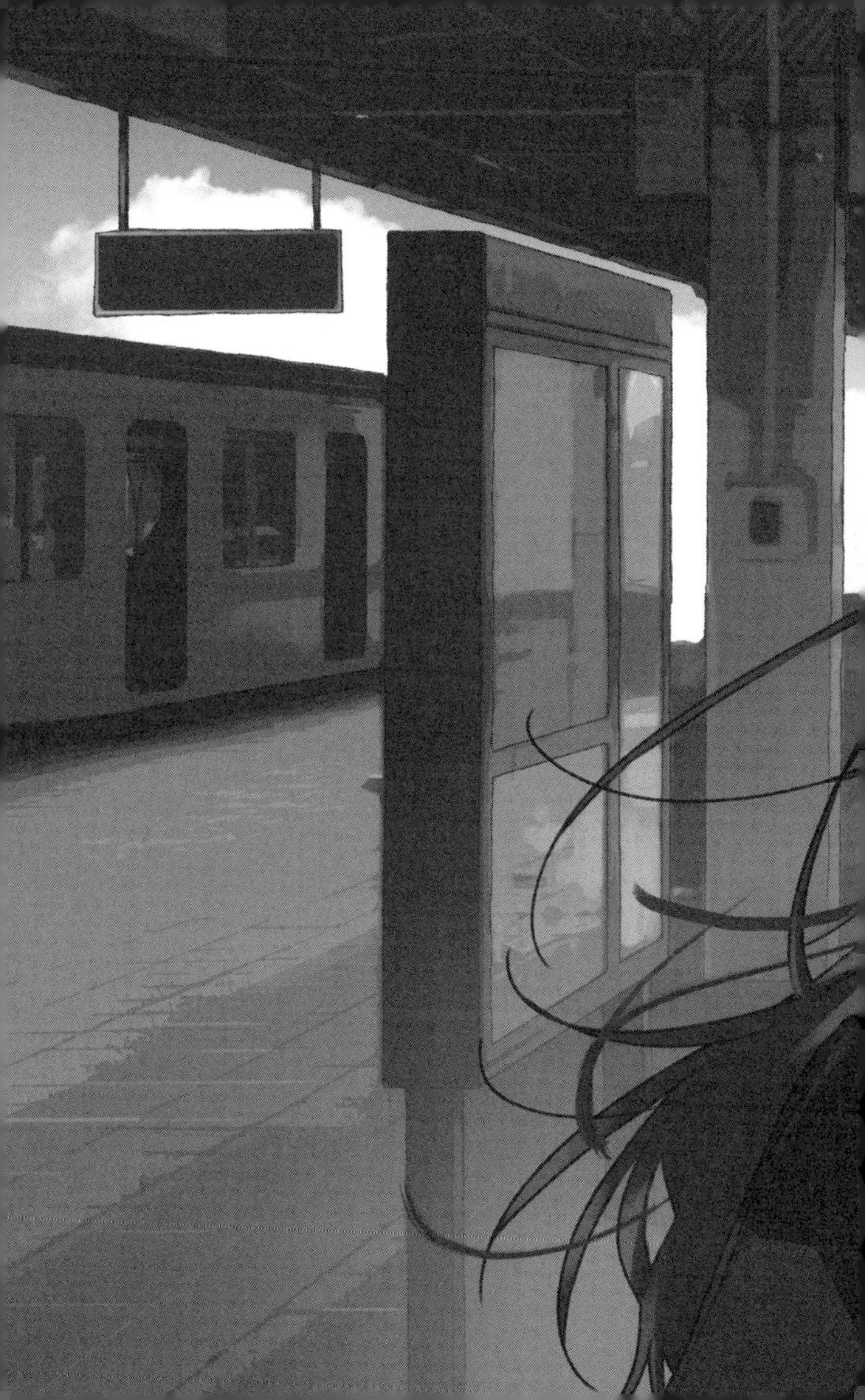

「また一年……ううん。一年と言わず、ずっとずっと、よろしくね」
「こちらこそ」

俺が電車内で助けたS級美少女は、隣の席の幼馴染で、俺の彼女だった。
俺たちの関係は元に戻った。それか、一歩後退して二歩進んだのかもしれない。
考えて気づいた。
俺は、姫奈が隣にいてくれればそれだけでいいんだ。

あとがき

こんにちは。ケンノジです。

これで一旦シリーズは終わりです。いかがだったでしょうか。

納得いくまとめに出来たと思っていますが、シリーズ通しての所感としては、力不足を痛感しています。

その時々でベストを尽くした結果ですが、振り返ってみるともっと上手くできたんじゃないかと思うことが多々あります。

でもラブコメで八巻まで続けられるのは、昨今中々ないのでは？　と戦果としては十分だったとも思っています。続けていいのならまだ書きたかったですけどね。

ラノベ八巻はコミックスでいうと二〇巻近くに相当します。

漫画のラブコメタイトルでも、そこまで続けられないものです。まあ、人気作はそこまで続ける必要がなく、おさまりがいいタイミングで綺麗に完結することが多いのですが。それはさておき、ここまで書き続けたことで、色んな人にS級幼馴染とケンノジを知ってもらえたことは大変良かったです。

本作は「小説家になろう」で二〇一九年に連載をはじめたものです。たしか三月くらいだった記憶があります。早いシリーズだと一年経たずに書く必要がなくなるので、約四年書けたことは非常に幸運で、読者様やイラストを担当してくださったフライ先生、その他様々な方のおかげだと思っています。

本作に携わって下さった皆様、読者様、本当にありがとうございました。

コミカライズは今後もまだ続きますので、そちらもよろしくお願いします。

ケンノジは他にもアニメになった「チート薬師のスローライフ」や電撃文庫様で先日出た「魔導人形に二度目の眠りを」という小説も書いています。こっちとは系統が全然違いますが、気になったら是非読んでみてください。

またどこかで小説や漫画を通してお目にかかれば幸いです。それでは。

ケンノジ

ファンレター、作品の
ご感想をお待ちしています

〈あて先〉

〒106－0032
東京都港区六本木2－4－5
SBクリエイティブ（株）
ＧＡ文庫編集部 気付

「ケンノジ先生」係
「フライ先生」係

本書に関するご意見・ご感想は
右の QR コードよりお寄せください。

※アクセスの際や登録時に発生する通信費等はご負担ください。

https://ga.sbcr.jp/

痴漢《ちかん》されそうになっている
S級美少女《エスきゅうびしょうじょ》を助《たす》けたら
隣《となり》の席《せき》の幼馴染《おさななじみ》だった８

発　行　　　2023年5月31日　初版第一刷発行
著　者　　　ケンノジ
発行人　　　小川　淨

発行所　　　SBクリエイティブ株式会社
〒106−0032
東京都港区六本木2−4−5
電話　03−5549−1201
03−5549−1167（編集）

装　丁　　　木村デザイン・ラボ

印刷・製本　中央精版印刷株式会社

ISBN978-4-8156-1746-2
Printed in Japan
GA文庫